BIBLIOTHÈQUE NATIONALE

SHAKESPEARE

JULES CÉSAR

Tragédie en 5 actes

PARIS
LIBRAIRIE DE LA BIBLIOTHEQUE NATIONALE
Rue de Richelieu, 8
Près le Théâtre-Français. — Ci-devant r. de Valois

25 Centimes

35 CENTIMES RENDU FRANCO DANS TOUTE LA FRANCE

Bibliothèque Nationale. — Volumes à 25 c.

CATALOGUE AU 1er JANVIER [illegible]

Alfieri. De la Tyrannie.... 1
Arioste. Roland furieux.... 6
Beaumarchais. Mémoires.. 5
— Barbier de Séville...... 1
— Mariage de Figaro...... 1
Beccaria. Délits et Peines.. 1
Bernardin de Saint-Pierre. Paul et Virginie......... 1
Boileau. Satires. Lutrin.... 1
— Art poétique. Epîtres..... 1
Bossuet. Oraisons funèbres. 2
Boufflers. Œuvres choisies. 1
Brillat-Savarin. Physiologie du Goût............... 2
Byron. Corsaire. Lara, etc... 1
Cazotte. Diable amoureux... 1
Cervantès. Don Quichotte... 4
César. Guerre des Gaules... 1
Chamfort. Œuvres choisies. 3
Chapelle et Bachaumont. Voyages amusants......... 1
Cicéron. De la République. 1
— Catilinaires. Discours.... 1
— Discours contre Verrès... 3
Collin-d'Harleville. Le vieux Célibataire. — M. de Crac. 1
Condorcet. Vie de Voltaire. 1
— Progrès de l'Esprit humain 2
Corneille. Le Cid. — Horace. 1
— Cinna. — Polyeucte..... 1
— Rodogune. — Le Menteur 1
Cornélius Népos. Vies des grands capitaines......... 2
Courier (P.-L.). Chefs-d'œuvre.................... 2
— Lettres d'Italie.......... 1
Cyrano de Bergerac. Choix. 2
D'Alembert. Encyclopédie.. 1
— Destruction des Jésuites... 1
Dante. L'Enfer............ 2
Démosthènes. Philippiques et Olynthiennes.......... 1
Descartes. De la Méthode. 1
Desmoulins (Camille). — Œuvres.................. 3
Destouches. Le Philosophe marié. — La fausse Agnès. 1
Diderot. Neveu de Rameau. 1
Diderot. Romans et Contes. 3
— Paradoxe sur le Comédien. 1
— Mélanges philosophiques. 1
Duclos. Sur les Mœurs...... 1
Dupuis. Origine des Cultes. 3
Epictète. Maximes......... 1
Erasme. Eloge de la Folie... 1
Fénelon. Télémaque........ 3
— Education des Filles...... 1
Florian. Fables............ 1
— Galatée. — Estelle....... 1
Foë. Robinson Crusoé....... 4
Fontenelle. — Dialogue des Morts.................. 1
— Pluralité des Mondes..... 1
— Histoire des Oracles...... 1
Gilbert. Poésies........... 1
Gœthe. Werther........... 1
— Hermann et Dorothée..... 1
— Faust.................. 1
Goldsmith. Le Vicaire de Wakefield................... 2
Gresset. Ver-Vert. Méchant. 1
Hamilton. Mémoires du Chevalier de Grammont...... 2
Helvétius. Traité de l'Esprit. 4
Homère. L'Iliade.......... 3
— L'Odyssée.............. 3
Horace. Poésies........... 2
Jeudy-Dugour. Cromwell.. 1
Juvénal. Satires.......... 1
La Boëtie. Discours sur la Servitude volontaire...... 1
La Bruyère. Caractères.... 2
La Fayette (Mme de). La princesse de Clèves...... 1
La Fontaine. Fables....... 2
— Contes et Nouvelles...... 2
Lamennais. Livre du Peuple. 1
— Passé et Avenir du Peuple. 1
— Paroles d'un Croyant.... 1
La Rochefoucauld. Maximes 1
Lesage. Gil-Blas.......... 5
— Diable boiteux.......... 2
— Bachelier de Salamanque. 2
— Turcaret. Crispin rival... 1
Linguet. Hist. de la Bastille. 1
Longus. Daphnis et Chloé... 1

JULES CÉSAR

BIBLIOTHÈQUE NATIONALE

COLLECTION DES MEILLEURS AUTEURS ANCIENS ET MODERNES

SHAKESPEARE

JULES CÉSAR

TRAGÉDIE EN CINQ ACTES

Traduction de LETOURNEUR

PARIS

LIBRAIRIE DE LA BIBLIOTHÈQUE NATIONALE

RUE DE RICHELIEU, 8, PRÈS LE THÉATRE-FRANÇAIS

Ci-devant rue de Valois

1887

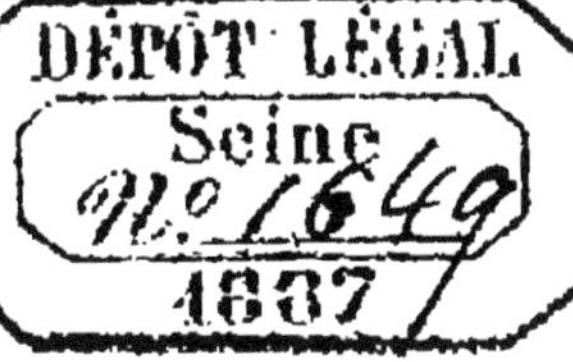

PERSONNAGES

JULES CESAR.
OCTAVE CESAR, } triumvirs après la mort de César.
MARC ANTOINE, } triumvirs après la mort de César.
M. EMILIUS LEPIDUS, } triumvirs après la mort de César.
CICERON.
BRUTUS, } conjurés contre César.
CASSIUS, } conjurés contre César.
CASCA, } conjurés contre César.
TREBONIUS, } conjurés contre César.
LIGARIUS, } conjurés contre César.
DECIUS BRUTUS, } conjurés contre César.
METELLUS CIMBER, } conjurés contre César.
CINNA, } conjurés contre César.
POPILIUS LENA, } sénateurs
PUBLIUS, } sénateurs
FLAVIUS, } tribuns du peuple, ennemis de César.
MARULLUS, } tribuns du peuple, ennemis de César.
MESSALA, } amis de Brutus et de Cassius.
TITINIUS, } amis de Brutus et de Cassius.
ARTEMIDORE, sophiste ou rhéteur de Gnide.
UN ASTROLOGUE.
Le jeune CATON.
CINNA, poète attaché à César.
UN VIEILLARD, admis dans la familiarité de Brutus et de Cassius.
LUCILIUS, } serviteurs de Brutus, ou Romains attachés à lui.
DARDANIUS, } serviteurs de Brutus, ou Romains attachés à lui.
VOLUMNIUS, } serviteurs de Brutus, ou Romains attachés à lui.
VARRON, } serviteurs de Brutus, ou Romains attachés à lui.
CLITUS, } serviteurs de Brutus, ou Romains attachés à lui.
CLAUDIUS, } serviteurs de Brutus, ou Romains attachés à lui.
STRATON, } serviteurs de Brutus, ou Romains attachés à lui.
LUCIUS, } serviteurs de Brutus, ou Romains attachés à lui.
PINDARUS, esclave de Cassius.
CALPHURNIA, femme de César.
PORCIA, femme de Brutus.
ARTISANS, PLÉBÉIENS, GARDES et SUITE.

La scène, dans les trois premiers actes, est à Rome : ensuite dans la petite île de Mutina, à Sardis et à Philippes.

JULES CÉSAR

ACTE PREMIER

La scène représente une rue de Rome avec des arcades et un portique.

SCÈNE PREMIÈRE

Des cris se font entendre; plusieurs hommes du peuple paraissent courant; FLAVIUS *et* MARULLUS, *tribuns, se présentent devant eux.*

FLAVIUS

Loin d'ici! à vos maisons, plébéiens fainéants: rentrez dans vos maisons. Ce jour est-il un jour de fête? Quoi! oubliez-vous que des artisans ne doivent pas vaquer dans les jours de travail, sans porter les marques de leur profession? (*A un plébéien.*) Parle, toi, quelle est la tienne?

PREMIER PLÉBÉIEN

Moi, tribun, je suis charpentier.

MARULLUS

Où est ton tablier et ton équerre? Pourquoi portes-tu ton habillement de fête? — Et vous, je vous prie, quel est votre métier?

SECOND PLÉBÉIEN

En vérité, tribun, ce qui me fait vivre c'est

mon aiguille : je ne mêle ni d'affaires de négoce, ni d'intrigues de femme ; mais je fais revivre les vieux brodequins ; quand ils sont en péril, mon art les sauve ; le plus fier patricien marche sur l'œuvre de mes mains.

FLAVIUS

Mais pourquoi n'es-tu pas dans ta boutique aujourd'hui ? Pourquoi mènes-tu cette troupe de peuple le long des rues ?

SECOND PLÉBÉIEN

D'abord, tribun, pour leur faire user leur chaussure, afin de me procurer plus d'ouvrage. — A parler vrai, nous fêtons cette journée, pour aller voir César, et nous réjouir à son triomphe.

MARULLUS

Vous réjouir ! Pourquoi ? Quelles conquêtes ramène-t-il dans vos murs ? Quels captifs tributaires suivent sa marche vers Rome et décorent de leurs fronts humiliés les roues de son char ? O vous, peuple imbécile ! stupide, plus stupide que la pierre insensible ! Vous, cœurs durs, cruels enfants de Rome ! n'avez-vous point connu Pompée ? Combien de fois n'avez-vous pas gravi sur les murailles et les créneaux, sur les fenêtres et les tours, jusque sur le faîte des toits, et là assis, vos enfants dans vos bras, vous demeuriez patiemment dans l'attente, tant que le jour pouvait s'étendre, pour voir le grand Pompée traverser les rues de Rome, et de si loin que vous vîtes son char paraître, ne poussâtes-vous pas une acclamation universelle, dont le Tibre trembla sous ses rives, au bruit de vos voix répétées le long de ses voûtes profondes? Et aujourd'hui, vous prenez vos plus beaux vêtements et vous adoptez ce jour pour un jour de fête; et aujourd'hui, vous semez des fleurs devant les pas de l'homme qui marche en triomphe sur le sang de Pompée! Fuyez. — Courez à vos maisons, tombez à genoux, priez les dieux de suspendre l'inévitable fléau prêt à fondre sur cette ingratitude.

FLAVIUS

Allez, allez, bons compatriotes, et pour expier votre faute, assemblez tous les pauvres citoyens de votre classe, conduisez-les au bord du Tibre, et là pleurez, pleurez ensemble, tant que les flots enflés par vos larmes s'élèvent et mouillent le sommet de ses rivages. (*Le peuple sort.*)

(*A Marullus.*)

Voyez si la trempe grossière de leurs âmes ne s'est pas amollie; ils disparaissent taciturnes et la langue enchaînée par le sentiment de leur tort. — Vous, descendez cette rue qui mène au Capitole; moi, je vais suivre ce chemin. Dépouillez les statues, si vous les trouvez parées de leurs ornements sacrés.

MARULLUS

Le pouvons-nous? vous savez que c'est aujourd'hui la fête des Lupercales.

FLAVIUS

N'importe : ne laissez sur aucune statue les trophées (1) de César. Je vais parcourir ces quartiers et chasser le peuple des rues; faites-en de même partout où vous le trouverez attroupé. Ces plumes naissantes attachées à l'ambition de César, arrêteront son vol à une hauteur ordinaire; autrement il volerait à perte de vue sur nos têtes et nous tiendrait tous dans un servile effroi.

(*Les tribuns sortent par des côtés opposés.*)

SCÈNE II

CÉSAR *paraît à l'autre extrémité de la rue avec* ANTOINE *vêtu pour la course*, CALPHURNIA, PORCIA, DECIUS, CICÉRON, BRUTUS, CASSIUS, CASCA, UN ASTROLOGUE, LE PEUPLE. *Des instruments se font entendre.*

CÉSAR

Calphurnia! —

CASCA

Holà, silence! César parle.

CÉSAR

Calphurnia! —

CALPHURNIA

Me voici, seigneur.

CÉSAR

Ayez soin de vous placer sur le passage d'Antoine, quand il parcourra sa carrière. — Antoine! —

ANTOINE

César, seigneur.

CÉSAR

N'oublie pas dans ta course, Antoine, de toucher Calphurnia (2); car nos anciens disent que la femme inféconde, si elle est touchée dans cette course sacrée, est délivrée soudain du charme qui la rendait stérile.

ANTOINE

Je m'en souviendrai : quand César a commandé César est obéi.

CÉSAR

Pars, et n'omets aucune cérémonie.

L'ASTROLOGUE *caché dans la foule.*

César! —

CÉSAR

Ah! qui m'appelle?

CASCA *s'adressant à ceux qui l'environnent.*

Commandez que tout bruit cesse. Encore une fois, silence!

CÉSAR

Qui est-ce dans la foule, qui m'appelle ainsi? J'entends une voix qui perce au-dessus des instruments, crier *César!* Parle. César se tourne pour entendre.

L'ASTROLOGUE

Prends garde aux ides de mars.

CÉSAR

Quel est cet homme?

BRUTUS

Un devin qui t'avertit de prendre garde aux ides de mars.

CÉSAR

Amenez-le devant moi; que je le voie en face.

CASCA *à l'inconnu.*

Toi, sors de la foule, envisage César.

(L'astrologue parait.)

CÉSAR

Qu'as-tu à me dire maintenant? Répète encore.

L'ASTROLOGUE

Prends garde aux ides de mars.

CÉSAR

C'est un visionnaire; laissons-le, passons.

(On entend une musique martiale. César sort suivi de son cortège.)

SCÈNE III

BRUTUS *et* CASSIUS *demeurent.*

CASSIUS

Vous proposez-vous d'aller voir l'ordre de la course?

BRUTUS

Moi? non.

CASSIUS

Allez-y, Brutus.

BRUTUS

Je n'aime point les jeux. Je ne me sens pas tout à fait cette humeur vive et folâtre qui anime Antoine. Que je ne vous empêche pas, Cassius, de suivre vos goûts, je vais vous laisser.

(*Cassius lui prend la main et le mène sous le portique.*)

CASSIUS

Brutus, je vous observe depuis quelque temps; je ne trouve plus dans vos regards cet air affectueux, ces marques de tendresse que j'avais coutume d'en recevoir; vous n'accordez plus qu'une main froide et étrangère à votre ami qui vous chérit.

BRUTUS

Ne t'y trompe point, Cassius; si mon front a paru plus sombre, ce changement dans ma personne ne regarde que moi seul. Depuis quelque temps, je suis agité de pensées et d'affections contraires, d'idées qui n'ont de rapport qu'à moi; il en rejaillit peut-être quelque altération dans mes manières; mais que pour cela mes bons amis ne soient point alarmés, et dans ce nombre, je te compte, Cassius; ne vois rien de plus dans cette négligence, sinon que le pauvre Brutus, en guerre avec lui-même, oublie de donner des signes de sa tendresse aux autres hommes.

CASSIUS

Je me suis donc bien mépris, Brutus, sur ce qui affectait ton âme; et mon erreur m'a fait ensevelir dans mon sein d'importantes méditations, des pensées profondes. — Dis-moi, cher Brutus, peux-tu voir les traits de ton visage?

BRUTUS

Non; car l'œil ne peut se voir lui-même sans un objet qui le réfléchisse.

CASSIUS

Cela est vrai, et voilà ce qu'on déplore amèrement, Brutus, que tu n'aies pas un miroir qui réfléchisse dans tes yeux tes vertus cachées, et qui te rende visible ton image. Souvent dans les lieux où se trouvaient les plus grands citoyens de Rome, excepté cet immortel César, je les ai entendus s'entretenir de Brutus. Gémissant sous le joug qui opprime cet âge, ils souhaitaient que le noble Brutus eût des yeux pour se voir. —

BRUTUS

Dans quels écueils voudrais-tu m'entraîner, Cassius, en me pressant de chercher en moi-même un mérite qui n'y est pas?

CASSIUS

Brutus, prépare-toi donc à m'écouter : et puisque tu ne peux te voir sans le secours d'un autre, moi, je te servirai de miroir; je veux sans flatterie découvrir à ta vue ces traits de ton âme que tu ne connais pas encore; et ne conçois de moi nulle défiance, vertueux Brutus : quand tu me verras jouer le rôle d'un bouffon public, et offrir à tout venant ma prodigue amitié dans des protestations banales ; si tu apprends que je flatte en rampant, que j'étouffe de caresses des hommes que je déchire ensuite ; ou que, dans les festins, mon cœur se prostitue à toute la bande des convives, alors regarde-moi comme un homme dangereux.

(On entend au loin des trompettes, et une acclamation générale.)

BRUTUS

Qu'annonce cette acclamation? Je crains que ce peuple n'adopte César pour son roi.

CASSIUS *le regardant fixement.*

Oui, tu le crains? — Je dois donc penser que tu ne voudrais pas qu'il le fût.

BRUTUS

Je ne le voudrais pas, Cassius ; cependant

je l'aime sincèrement. — Mais pourquoi m'arrêtes-tu ici si longtemps? Quel est le secret que tu veux me confier? Si c'en est un qui intéresse le bien public, place à mes yeux, l'honneur d'un côté, la mort de l'autre; et j'envisagerai la mort d'un œil indifférent : car les dieux me soient propices, comme il est vrai que j'aime le nom de l'honneur, plus que je ne crains la mort.

CASSIUS

Je vois cette vertu dans ton âme, comme je connais l'aimable douceur des traits de ton visage. Eh bien! l'honneur est le sujet dont je veux t'entretenir. Je ne puis dire ce que toi et les autres hommes pensent de la vie : mais pour moi, j'estimerais autant ne pas être, que de vivre pour me courber dans le respect devant un être semblable à moi. Je suis né libre comme César; tu es né libre comme lui. L'âge a développé en nous la même force; tous deux nous pouvons aussi bien que lui soutenir la rigueur des hivers. — Dans un jour de tempête, où le Tibre en colère faisait la guerre à ses rivages, César me dit : « Oses-tu, Cassius, t'élancer avec moi dans « ces flots irrités, et nager jusqu'à ce but « lointain? » — Il parlait encore... vêtu comme j'étais, je fendais déjà le fleuve, en le sommant de me suivre; en effet, il me suivit : le torrent rugissait; nous le battions de nos muscles nerveux, rejetant des deux côtés les vagues, et luttant contre elles avec des cœurs rivaux. Mais avant que nous eussions atteint le but marqué, César s'écrie : « Secours-moi, « Cassius, ou je péris. » Moi, comme Enée notre grand ancêtre, emportant le vieux Anchise sur son épaule, le sauva des flammes de Troie, j'arrachai aux flots du Tibre César périssant. Et cet homme aujourd'hui est devenu un dieu! Et Cassius ne sera qu'une créature abjecte! Et il faudra qu'il abaisse son front jusqu'à terre, si César en passant daigne seulement incliner la tête? — En Espagne, il fut saisi de la fièvre : tant que l'accès était sur lui, je remarquai comme il tremblait; oui, ce dieu tremblait : la pâleur de la crainte était sur ses lèvres; et ce même œil, dont le regard imprime la terreur au monde, avait perdu son éclat. Je l'entendis gémir; et cette voix qui commande aux Romains de l'écouter et de déposer ses paroles dans leurs annales, criait: « Hélas! Titinius, « donne-moi à boire, » comme une faible femmelette. Vous, dieux! ce qui me confond d'étonnement, c'est qu'un athlète si débile s'élance dans la lice où se dispute le majestueux univers, et seul remporte la palme.

(*Une seconde acclamation. Les instruments recommencent.*)

BRUTUS

Encore une acclamation! Sans doute ces applaudissements annoncent de nouveaux honneurs qu'on accumule sur la tête de César.

CASSIUS

Eh quoi, Romain, il enjambe l'univers comme un énorme géant, et nous, pygmées rampants entre ses jambes colossales, nous avançons notre tête, craintifs, et l'œil inquiet... pour trouver à la fin d'ignominieux tombeaux. Il est des temps où les hommes deviennent les maîtres de leurs destins. Et si nous sommes esclaves, la faute, cher Brutus, n'en est pas dans nos étoiles; elle est en nous-mêmes. *Brutus! César!* Qu'y a-t-il donc dans ce *César?* Pourquoi ce nom serait-il prononcé avec plus de pompe que le vôtre? Tracez-les ensemble, le vôtre paraît aussi noble. Prononcez-les, il est aussi sonore. Tous deux dans la balance auront un égal poids; et les mânes conjurés par ces noms, apparaîtront au son de *Brutus*, aussitôt qu'au son de *César*. Au nom de tous les dieux ensemble, de quelle substance se nourrit donc ce César, pour s'être accru à cette hauteur? Siècle, tu es diffamé. Rome, tu as perdu de la semence des grands hommes. Quel âge écoulé depuis l'antique déluge n'a dû sa renommée qu'à un homme? Quand fut-il jamais dit, en parlant de Rome, que la vaste enceinte de ses murs n'embrassait qu'un seul homme? Oh! vous et moi, nous avons ouï dire à nos pères qu'il fut jadis un Brutus qui eût autant aimé voir l'éternel démon des enfers intronisé dans Rome, que d'y souffrir un roi.

BRUTUS

Que tu m'aimes, Cassius, je n'en doute point. L'objet où tu veux m'amener, j'y ai porté ma vue. Ce que j'en ai pensé, et ce que je pense du temps présent, je le développerai dans la suite. Pour ce moment, si l'amitié a le droit de t'en prier, je ne voudrais pas être pressé davantage. Ce que tu m'as dit, je l'examinerai. Ce que tu as à me dire encore, je l'écouterai avec patience; et je ménagerai un jour convenable où je pourrai t'entendre et te répondre sur ces grands objets. Jusque là, mon noble ami, réfléchis bien à ceci: Brutus aimerait mieux être un obscur villageois, que de se compter pour un enfant de Rome aux dures conditions dont la crise présente nous menace.

CASSIUS

Je vois avec joie que mes faibles paroles ont du moins fait jaillir cette étincelle de l'âme de Brutus.

SCÈNE IV

BRUTUS et CASSIUS *demeurent.* CÉSAR *reparaît de loin avec son cortège.*

BRUTUS

Les jeux sont terminés, César revient.

CASSIUS

Quand ils passeront près de nous, tire Casca par sa robe; et il te racontera dans son style rustique tout ce qui s'est aujourd'hui passé de remarquable.

BRUTUS

Oui, je le ferai. Mais regarde, Cassius! les rougeurs de la colère enflamment le front de César; et toute sa suite a l'air d'un cortège maltraité. Les joues de Calphurnia sont pâles; Cicéron paraît effaré; il a ces yeux flamboyants que nous lui vîmes dans les débats au Capitole, quand il fut contredit en face par quelques sénateurs.

CASSIUS

Casca nous dira de quoi il s'agit.

CÉSAR *appelant.*

Antoine!...

ANTOINE

César?

CÉSAR *bas à Antoine.*

Que j'aie toujours autour de moi des hommes charnus et frais, de ces hommes au teint fleuri, et qui dorment les nuits. Ce Cassius, là bas (*le désignant du doigt*), a un visage hâve et décharné. Il pense trop. De tels hommes sont dangereux.

ANTOINE

Ne le crains pas, César; il n'est pas dangereux. C'est un noble Romain, et bien intentionné.

CÉSAR

Je lui voudrais plus d'embonpoint; mais je ne le crains pas. Cependant, si César était capable de crainte, je ne connais point d'homme que je voulusse éviter avec autant de soin que ce grêle Cassius. Il lit beaucoup. Il est grand observateur; et au travers de leurs actions, il épie le cœur des hommes. Il n'a point, comme toi, le goût des spectacles et des jeux. Antoine, jamais on ne le voit prêter l'oreille à la musique. Rarement il sourit, ou, dans son sourire, il semble avoir pitié de lui-même et méprise sa raison, qui s'est laissée aller à la faiblesse de sourire. Les hommes de ce caractère n'ont jamais le cœur à l'aise tant qu'ils en voient un autre plus grand qu'eux; et voilà ce qui les rend si dangereux. Je te dis ce qu'on pourrait craindre plutôt que ce que je crains; car je suis toujours César. Passe à ma droite, cette oreille est dure, et dis-moi franchement ce que tu penses de lui.

(César s'éloigne et sort avec son cortège.)

SCÈNE V

BRUTUS et CASSIUS *demeurent. Brutus retient* CASCA *par la manche.*

CASCA

Tu m'arrêtes par ma robe. Veux-tu me parler?

BRUTUS

Oui, Casca : dis-nous, que s'est,il donc passé aujourd'hui, que César a le front si sombre?

CASCA

Quoi! vous étiez à sa suite; n'y étiez-vous pas?

BRUTUS

Je ne demanderais pas alors à Casca ce qui s'est passé?

CASCA

Eh bien! sur la place, on lui a offert une couronne, et à l'offre de cette couronne, il l'a repoussée ainsi, du revers de la main. Alors le peuple a fait une acclamation.

BRUTUS

Et le second cri, quelle en était la cause?

CASCA

La même.

CASSIUS

Mais il y a eu trois acclamations. Pourquoi la dernière?

CASCA

Pour la même raison encore.

BRUTUS

Est-ce que la couronne lui a été offerte trois fois?

CASCA

Eh sans doute! et trois fois il l'a repoussée, mais plus doucement à la seconde, et plus doucement encore à la troisième. Et à chacun de ses refus, mes honnêtes voisins poussaient un cri de joie.

CASSIUS

Qui lui offrait la couronne?

CASCA

Qui? Antoine.

BRUTUS

Dis-nous : de quelle manière l'a-t-il offerte, cher Casca ?

CASCA

De quelle manière ? Que je meure si je puis vous le dire. C'était une farce pure, je ne daignais pas y faire attention. J'ai vu Marc-Antoine lui présenter une couronne... Ce n'était point une couronne d'appareil, mais un simple cercle, une forme de couronne... Et, comme je vous l'ai dit, il l'a repoussée une fois. Mais malgré son geste, j'ai dans l'idée qu'il eût bien désiré la prendre.—Alors il la lui offre encore — il la refuse encore — mais j'ai toujours dans l'idée que ses doigts ne s'en détachaient qu'à regret. Il la lui offre de nouveau pour la troisième fois. — La troisième fois encore il l'a repoussée, et à chacun de ses refus éclataient les voix de la populace transportée de joie ; ils applaudissaient de leurs mains tailladées ; ils faisaient voler leurs bonnets trempés de sueur ; tant de flots d'un air malsain s'exhalaient de leurs bouches béantes, que César en a presque été suffoqué. Il s'est évanoui ; il est tombé. Pour moi, je n'ose rire, de crainte, en ouvrant la bouche, de respirer le mauvais air.

CASSIUS

Mais arrête, je te prie. Quoi ! César s'est évanoui ?

CASCA

Il est tombé au milieu de la place, la bouche écumante et sans voix.

BRUTUS

Ce n'est point surprenant, César est sujet à ce mal qui terrasse.

CASSIUS

Non, ce n'est point César, c'est vous, c'est moi et l'honnête Casca, qui sommes atteints du mal qui terrasse l'homme.

CASCA

Je ne sais ce que vous entendez par là, mais il est certain que César est tombé. Si ce peuple couvert de haillons ne l'a pas applaudi et sifflé, selon que sa conduite leur plaisait ou déplaisait, comme ils en usent pour les acteurs sur le théâtre, je ne suis pas un homme vrai.

BRUTUS

Qu'a-t-il dit en reprenant ses sens?

CASCA

Oh! même avant de s'évanouir, quand il a vu ce ramas de plébéiens se réjouir de ce qu'il refusait la couronne, le voilà qui ouvre sa robe, et offre sa gorge nue à leurs coups. Que n'étais-je un de ces artisans! si je ne l'avais pris au mot, je veux descendre aux enfers parmi les lâches! Et alors il est tombé. Lorsqu'il est revenu à lui, il a dit : « Que s'il « avait fait ou dit quelque chose de déplacé, « il priait la majorité du peuple de l'attri- « buer à son infirmité. « Trois ou quatre courtisanes autour de moi se sont écriées :

« Hélas! la bonne âme! » Elles lui ont pardonné de tout leur cœur; mais quel cas faire de pareils suffrages? César eût égorgé leurs mères, qu'elles en auraient dit autant.

BRUTUS

Et c'est après cela qu'il s'est retiré si chagrin?

CASCA

Oui.

CASSIUS

Cicéron n'a-t-il point parlé?

CASCA

Il a parlé en grec.

CASSIUS

Et quel était son objet?

CASCA

Que je ne vous revoie jamais, si je peux vous le dire; mais ceux qui l'ont compris, souriaient l'un à l'autre en secouant la tête. Pour moi, c'était vraiment du grec. Je puis vous apprendre encore d'autres nouvelles. Flavius et Marullus, pour avoir dépouillé les statues de César, sont réduits au silence. Adieu, il s'est passé bien d'autres farces encore, si je pouvais m'en souvenir.

CASSIUS

Veux-tu souper ce soir avec moi, Casca!

CASCA

Non, j'ai promis ailleurs.

CASSIUS

Demain, veux-tu que nous dînions ensemble?

CASCA

Oui, si je suis vivant, si ton invitation tient, et que ton repas mérite un convive.

CASSIUS

Il suffit. Je t'attendrai.

CASCA

Attends-moi. Adieu, tous deux.

(Il sort.)

BRUTUS

Quel homme épais et lourd les années ont fait de lui! Jadis dans les écoles il semblait tout de feu.

CASSIUS

Et il est tel encore, s'il faut exécuter quelque entreprise noble et hardie, malgré l'écorce grossière dont il s'enveloppe. Cette rudesse sert d'assaisonnement à son bon esprit: elle provoque et pique l'attention des autres, et leur fait mieux goûter ses paroles.

BRUTUS

Oui, tu le juges bien. Pour ce moment, je

vais te laisser; demain, si tu désires que nous conversions ensemble, j'irai te trouver à ta demeure; ou, si tu l'aimes mieux, viens me trouver à la mienne, et je t'y attendrai.

CASSIUS

Volontiers, j'irai. Dans l'intervalle, songe à l'univers (*Brutus sort.*) Va, Brutus, tu es généreux; et cependant je vois que la trempe de ton noble cœur pourrait, dans des mains adroites, perdre le premier caractère de la nature. Cela prouve que les belles âmes doivent toujours s'accoster de leurs semblables. Car quel est l'homme si ferme qu'on ne puisse le séduire? César a de l'aversion pour moi, mais il chérit Brutus. Si j'étais Brutus aujourd'hui et que Brutus fût Cassius, il n'aurait pas besoin de m'exciter. — Je veux cette nuit jeter sur ses fenêtres des billets tracés en caractères différents, comme venant de divers citoyens; tous porteront sur les hautes espérances que Rome fonde sur son nom; tous renfermeront quelque allusion voilée à l'ambition de César. Et après, que César songe bien à s'affermir dans sa place, car nous le renverserons, ou il nous reste des temps plus sinistres à supporter.

(*Il sort.*)

SCÈNE VI

La nuit règne; le tonnerre gronde; les éclairs brillent. La scène représente une rue de Rome.

Au milieu de la tempête, CASCA *s'avance l'épée à la main,* CICÉRON *se présente à lui et le reconnait à la lueur des éclairs.*

CICÉRON

Salut, Casca. As-tu reconduit César à sa demeure? Mais quoi, tu es hors d'haleine. Pourquoi cet effroi sur ton visage?

CASCA

N'êtes-vous pas ému, quand toute la masse du globe chancelle comme une mâchoire mal assurée? O Cicéron! j'ai vu des tempêtes où les vents grondants déchiraient le tronc noueux des chênes; et j'ai vu l'ambitieux Océan s'enfler, et tout écumant de rage, s'élancer, se mêler aux nues menaçantes; mais jamais avant cette nuit, jamais jusqu'à cette heure, je ne marchai au milieu d'une tempête qui se verse en pluie de feu: il faut qu'une guerre civile trouble le ciel, ou que le monde, trop insolent envers les dieux, force leur colére à lâcher sur lui la destruction:

CICÉRON

Eh quoi! qu'as-tu donc vu de si étrange?

CASCA

Un esclave, vous le connaissez de vue, a levé sa main gauche en l'air; sa main a flambé soudain, et brûlait comme vingt torches unies; et cependant sa main, sans en être offensée, restait insensible à la flamme. Bien plus, et depuis mon épée n'est pas restée dans le fourreau, devant le Capitole j'ai rencontré un lion, il me fixe d'un œil étincelant, et passe fièrement sans me nuire; et là s'est offert à moi un groupe de visages effarés; cent femmes que leur frayeur avait changées en statues; elles jurent qu'elles ont vu des hommes tout en flamme courir çà et là dans les rues; et hier l'oiseau de la nuit s'est abattu, en plein midi, sur la place du marché, poussant des cris aigus et funèbres. Quand tous ces prodiges à la fois s'assemblent, que les hommes ne disent pas : « En voilà les causes, ils sont naturels »; pour moi, je pense que ce sont des présages menaçants pour la contrée à laquelle ils s'adressent.

CICÉRON

En effet, ce temps semble couvert d'étranges choses; mais les hommes interprètent tout d'après leurs idées, et souvent elles sont bien loin de la cause et du but réel. César revient-il demain au Capitole?

CASCA

Il y vient; car il a chargé Antoine de vous faire savoir qu'il s'y rendrait demain.

CICÉRON

Cela étant, je te salue, Casca; ce ciel orageux n'invite pas à s'exposer à l'air.

CASCA

Bonne nuit, Cicéron.

(Cicéron sort.)

SCÈNE VII

CASSIUS *paraît à quelque distance.*

CASSIUS

Qui vient là?

CASCA

Un Romain.

CASSIUS

A cette voix, c'est Casca.

CASCA

Ton oreille est fidèle, Cassius, quelle nuit que celle-ci!

CASSIUS

Une nuit pleine de charmes pour les hommes de bien.

CASCA

Qui jamais a vu les cieux si menaçants?

CASSIUS

Ceux qui ont vu la terre chargée d'autant de crimes. Pour moi, je me suis promené dans les rues, dévouant ma tête à cette périlleuse nuit. Et le sein découvert, comme tu le vois, Casca, je l'ai présenté nu aux carreaux du tonnerre ; et lorsque le sillon bleuâtre de l'éclair fendait le flanc du ciel, je m'offrais au devant du trait et dans le jet de la flamme.

CASCA

Mais pourquoi tentiez-vous ainsi les cieux? C'est aux hommes à craindre et à trembler, quand les tout-puissants dieux, pour signaler leur existence, envoient ces hérauts formidables nous frapper d'étonnement.

CASSIUS

Votre âme est engourdie, Casca. Vous n'avez pas reçu ces étincelles de vie qui devraient animer un Romain, ou vous n'en faites pas usage. Vous pâlissez, vous paraissez interdit, et saisi de crainte, et tombé en extase, en voyant cette étrange indignation des cieux ; mais si tu voulais remonter à la vraie cause, et chercher pourquoi tous ces feux, tous ces spectres glissant dans l'ombre; pourquoi ces idiots inspirés, ces vieillards, ces enfants qui calculent nos destinées; pourqui les bêtes et les oiseaux, pourquoi toutes ces créatures sortent de l'ordre établi, se dépouillent de leur nature, et exercent des facultés monstrueuses. Si tu y réfléchis, tu trouveras que ce sont les dieux qui les ont dotés de ces âmes nouvelles, et en ont fait des instruments de terreur, pour nous avertir de quelque changement monstrueux. Déjà, Casca, je pourais te nommer un homme semblable à cette effrayante nuit, un homme qui tonne, foudroie, ouvre les tombeaux et rugit comme le lion dans le Capitole; un homme qui de sa force personnelle n'est pas plus puissant que toi ou moi, et qui cependant est devenu un géant prodigieux et terrible comme ces étranges apparitions.

CASCA

C'est César que tu désignes : n'est-ce pas lui, Cassius ?

CASSIUS

Laisse là qui ce peut être. Les Romains de notre âge ont des muscles et des bras égaux à ceux de leurs ancêtres ; mais, ô époque fatale ! les âmes de nos pères sont mortes, et nous ne sommes plus gouvernés que par l'esprit de nos mères ; notre joug, et notre patience à le souffrir, prouvent bien que nous sommes devenus des femmes.

CASCA

En effet, on prétend que les sénateurs se proposent d'établir demain César roi, et il portera, dit-on, sa couronne sur mer, sur terre, partout, excepté dans notre Italie.

CASSIUS

Moi, je sais où je porterai ce poignard alors. Cassius affranchira Cassius d'esclavage. (*Il porte la main sur son cœur.*) C'est là, grands dieux, que vous armez le faible d'une force invincible. C'est là, grands dieux, que vous frustrez les tyrans. Ni la tour de pierre, ni les murailles de bronze, ni le cachot privé d'air, ni les liens de fer massif, ne peuvent assujettir la liberté de l'âme. L'âme, dès qu'elle est fatiguée des entraves de ce monde, ne manque jamais de pouvoir pour s'élargir elle-même. Voilà ce que je sais; et dès lors, que tout l'univers sache aussi que je puis à mon gré secouer de moi la part du joug que je porte.

CASCA

Je le puis de même, et tout esclave porte comme nous dans sa main le pouvoir d'abolir sa servitude.

CASSIUS

Et pourquoi donc César serait-il un tyran? Chétif mortel! Je sais bien, moi, qu'il n'est loup dévorant que parce qu'il voit les Romains devenus un lâche troupeau. Il ne serait pas lion, s'il n'était tant de faons craintifs dans Rome. Qui veut soudain allumer une grande flamme l'attise d'abord avec de faibles brins de paille. Quel ramas de débris et de restes souillés est Rome, depuis qu'elle sert de vil aliment à la flamme qui fait resplendir un objet aussi frêle que César! Mais, ô douleur! où m'égares-tu? Peut-être parlé-je ici devant un esclave volontaire, et alors, je le sais, il me faudra répondre... Mais je porte une arme, et les dangers ne sont rien pour moi.

CASCA

Tu parles à Casca, à un homme qui n'est point un impudent rediseur. Prends ma main, marche, entreprends, pour redresser tous ces abus : Casca posera son pied tout près du pied qui s'avancera le plus loin.

CASSIUS, *lui serrant la main.*

L'accord est fait. Apprends maintenant,

Casca, que j'ai déjà disposé quelques âmes des plus nobles de Rome, à tenter avec moi une entreprise pleine de danger et d'honneur; et même, à cette heure, je sais qu'ils m'attendent sous le portique de Pompée, car on ne peut, dans cette effrayante nuit, ni sortir, ni marcher dans les rues. Les éléments sont, comme nous, travaillés d'une crise violente; leur aspect, comme l'œuvre que nos mains préparent, est sanglant, enflammé et terrible.

(*Cinna passe à l'entrée de la rue.*)

CASCA

Silence... Arrête... Quelqu'un vient à grands pas.

CASSIUS

C'est Cinna, je le reconnais à sa démarche: c'est un ami. — Cinna, où courez-vous ainsi?

CINNA

Vous chercher. Qui est-ce là! Métellus Cimber?

CASSIUS

Non, c'est Casca, une âme qui s'associe à nos entreprises. Ne suis-je pas attendu, Cinna?

CINNA

Casca est à nous! J'en suis bien aise. Quelle horrible nuit que celle-ci! Quelques-uns d'entre nous ont vu d'étranges phénomènes.

CASSIUS, *avec impatience.*

Ne suis-je pas attendu? dis-le moi.

CINNA

Oui, tu l'es. O Cassius, si tu pouvais engager dans notre parti le noble Brutus?

CASSIUS

Sois tranquille. Cher Cinna, prends ce papier, aie soin de le placer dans la chaire du préteur, de façon que Brutus puisse l'y voir. (*Lui donnant différents papiers.*) Celui-ci, jette-le sur sa fenêtre; fixe ce dernier avec la cire sur la statue de l'ancien Brutus; cela fait, reviens au portique de Pompée où tu nous trouveras. Décius Brutus et Trébonius y sont-ils?

CINNA

Tous y sont, excepté Métellus Cimber, qui est allé te chercher à ta demeure. Moi, je vais me hâter, et disposer ces papiers comme tu me l'as prescrit.

CASSIUS

Cela fait, reviens au théâtre de Pompée. (*Cinna sort.*) Allons, Casca, il nous faut avant le jour voir Brutus à son logis. Déjà les trois quarts de son âme sont conquis; encore un effort, et l'homme entier se rend à nous.

CASCA

Oh! Brutus est amoureusement porté sur

tous les cœurs du peuple ; et ce qui paraîtrait en nous un attentat, l'autorité de son nom, puissante comme l'art de l'alchimiste, le transformera en mérite et en vertu.

CASSIUS

Tu t'es formé une juste idée de l'homme, de son prix et du besoin que nous avons tous de lui. Marchons ; car il est plus de minuit, et avant l'aube, il nous faut l'éveiller et nous assurer de lui.

(*Ils sortent ensemble.*)

FIN DU PREMIER ACTE

ACTE SECOND

SCÈNE PREMIÈRE

La scène représente les jardins de Brutus avec une terrasse d'où l'on découvre une partie de la ville de Rome ; le Tibre coule au bas de la terrasse. La nuit continue d'être sombre : seulement par intervalles, elle est illuminée d'éclairs.

BRUTUS *se promenant.*

BRUTUS

Holà, Lucius, viens ! — Je ne puis par l'élévation des étoiles juger si le jour est loin encore. — Lucius? Eh bien? — Je voudrais qu'on pût me reprocher la faute de dormir d'un sommeil si profond. — Allons, Lucius ! allons, Eveille-toi, te dis-je ! Viens donc, Lucius ?

(*Lucius paraît.*)

LUCIUS

M'avez-vous appelé, seigneur ?

BRUTUS

Lucius, porte un flambeau dans ma bibliothèque ; dès qu'il sera allumé, reviens m'avertir ici.

LUCIUS

J'y vais, seigneur.

(*Il sort.*)

(*Brutus se promène un moment en silence.*)

BRUTUS

Il faut que ce soit par sa mort; et pour moi, je ne me connais aucun motif personnel pour l'attaquer, que la cause générale. Il voudrait être couronné. A quel point cela peut changer son caractère, voilà la question. C'est la splendeur du jour qui fait sortir le serpent; et ce danger avertit de marcher avec précaution. Couronne-le: voilà le danger. Et alors j'avoue que nous l'armons d'un dard avec lequel il pourrait faire du mal à sa volonté. L'abus de la grandeur, c'est lorsque du pouvoir elle sépare la pitié; et pour rendre justice à César, je n'ai point vu que ses passions aient jamais eu plus de pouvoir que sa raison; mais c'est une vérité d'expérience, que l'humblesse sert d'échelle à l'ambition jeune encore. L'homme la monte en face le front baissé sur elle; mais dès qu'une fois il est parvenu au sommet élevé, il tourne le dos à l'échelle, porte son regard dans les nues, dédaignant les bas degrés par lesquels il est monté. Ainsi pourrait faire César: de peur qu'il ne le puisse faire, préviens-le. Et puisqu'en lui, tel qu'il est, on ne découvre rien encore qui justifie cette querelle, considère-le sous cette face, ce qu'il est étant agrandi, il s'emporterait à tels et tels excès. Vois donc en lui le germe du serpent, qui une fois éclos deviendrait malfaisant par la loi de son espèce, et écrase-le dans le germe.

(*Lucius rentre.*)

LUCIUS

Le flambeau brûle dans votre cabinet, seigneur. En cherchant une pierre à feu sur la fenêtre, j'ai trouvé ce billet, ainsi scellé; je suis sûr qu'il n'y était pas hier au soir, lorsque je me suis retiré.

(*Il donne à Brutus le billet.*)

BRUTUS

Retourne à ton lit; il n'est pas jour encore. (*Le rappelant.*) Lucius, n'avons-nous pas demain les ides de mars?

LUCIUS

Je ne sais pas, seigneur.

BRUTUS

Va, consulte le calendrier, et reviens me le dire.

LUCIUS

J'obéis, seigneur.

(*Il sort.*)

BRUTUS *seul.*

Ces météores qui sillonnent l'air, jettent tant de clarté, que je peux lire à leur lumière.

(*Il décachète le billet et le lit.*)

Brutus, tu dors, réveille-toi : vois qui tu ès. Rome sera-t-elle..... Parle, frappe, fais justice. Brutus, tu dors, réveille-toi. J'ai trouvé souvent de pareilles exhortations semées sur mon passage: *Rome sera-t-elle...* Voici ce que je dois suppléer: *Rome sera-t-elle* immobile de crainte et de respect sous le regard d'un homme? Quoi! Rome! mes ancêtres chassèrent des rues de Rome le Tarquin qui portait le nom de roi. *Parle, frappe, fais justice*. Est-ce moi qu'on exhorte à parler et à frapper? O Rome! je t'en fais la promesse; s'il est possible de faire *justice*, tu obtiens ta pleine demande de la main de Brutus.

(*Lucius rentre.*)

LUCIUS

Seigneur, le quatorzième jour de mars est expiré.

BRUTUS

Il suffit. (*On frappe à la porte extérieure.*) Cours à la porte, quelqu'un frappe. (*Lucius sort.*) Depuis que Cassius a commencé à m'inciter contre César, je n'ai point dormi.— Entre la première pensée d'une entreprise terrible et son exécution, tout l'intervalle est un rêve plein de fantômes et de hideuses apparitions. Le génie de l'homme et ses passions armées pour l'homicide tiennent conseil alors; et comme un royaume en discorde, son âme éprouve le soulèvement d'une révolte.

(*Lucius rentre.*)

LUCIUS

Seigneur, votre frère Cassius est à la porte; il demande à vous voir.

BRUTUS

Est-il seul?

LUCIUS

Non, seigneur, quelques autres l'accompagnent.

BRUTUS

Les connais-tu?

LUCIUS

Non, seigneur; leurs bonnets sont rabattus sur leurs yeux, et la moitié de leurs visages est ensevelie dans leurs manteaux, au point que je n'ai pu voir aucun de leurs traits qui me les fît reconnaître.

BRUTUS

Fais-les entrer. (*Lucius sort.*) C'est la troupe liguée. O conspiration! as-tu honte de montrer ton front sinistre dans la nuit, lorsque les attentats sortent en liberté? Oh! dans le jour, où trouveras-tu donc une caverne assez sombre pour couvrir ton visage farouche? Conspiration, n'en cherche point; cache-le sous le masque de la bienveillance et de son sourire caressant; car si tu marches sous tes traits naturels, l'Erèbe même n'a pas d'ombres assez noires pour te dérober à l'œil des soupçons.

SCÈNE II

CASSIUS entre avec CASCA, DECIUS, CINNA, METELLUS CIMBER et TREBONIUS. *Tous entrent enveloppés de leurs manteaux, en silence et avec circonspection. Ils se rangent en demi-cercle.*

CASSIUS

Je crains que nous n'ayons troublé trop hardiment ton repos. Salut, Brutus: sommes-nous importuns?.

BRUTUS

Je suis levé depuis une heure; j'ai veillé toute la nuit. (*S'approchant de l'oreille de Cassius.*) Me sont-ils connus, ces hommes qui te suivent.

CASSIUS

Oui, tu les connais tous; et pas un ici qui ne t'honore; pas un qui ne fasse le vœu que tu conçoives de toi l'opinion qu'il en a lui-même, et qu'en a tout noble Romain. Voici Trébonius.

BRUTUS

Il est le bien-venu ici.

CASSIUS

Cet autre est Décius Brutus.

BRUTUS

Il est aussi le bien-venu.

CASSIUS

Voilà Casca; ici Cinna; celui-ci est Métellus Cimber.

BRUTUS, *les saluant.*

Tous, tous sont les bien-venus. Quels soucis inquiétants s'élèvent entre la nuit et vos yeux, et en repoussent le sommeil?

CASSIUS

Me permettras-tu de te dire un mot?

(*Brutus et Cassius se retirent à l'écart, et se parlent bas. Les autres s'entretiennent ensemble, et élèvent la voix pour paraître ne pas écouter.*)

DECIUS, *par suite d'entretien.*

C'est ici l'orient; n'est-ce pas là le jour qui perce de ce côté?

CASCA

Non.

CINNA

Oh! c'est le jour; et ces traits blanchâtres, qui raient le sein des nuages, sont les messagers de l'aurore.

CASCA

Vous allez m'avouer que vous vous trompez tous deux. C'est là, l'endroit même où je pointe mon épée, que se lève le soleil, qui déjà se rapprochant du midi balance à l'équinoxe la jeune saison de l'année. Dans deux mois environ, plus remonté vers l'ourse (*Casca désigne avec son épée les différents points du ciel*), il lance de ce point ses premiers feux; et l'orient d'été est au Capitole, directement là.

(*Brutus et Cassius se rapprochent d'eux.*

BRUTUS, *avec chaleur.*

Posez tous, l'un après l'autre, vos mains sur la mienne.

CASSIUS

Et jurons d'accomplir notre résolution.

BRUTUS

Non, point de serments. Si la destinée des hommes, la souffrance de nos âmes, les abus de cet âge, si ce sont là des motifs faibles, rompons ici sans délai. Allons nous rendre à nos lits oisifs, laissons la tyrannie à l'œil hautain tirer le sort des hommes dans une loterie de mort, et les ravager jusqu'à ce que le dernier tombe. Mais si, comme je le sens, ces motifs portent un foyer de flamme dans le sein du lâche, et donnent la trempe du fer aux tendres cœurs des femmes ; alors, compatriotes, quel autre aiguillon nous faut-il que notre propre cause pour nous exciter à *faire justice?* Qu'avons-nous besoin d'autre lien, que de la parole de Romains unis, qui l'ont donnée et qui ne reculeront pas? d'autre serment, que de la promesse de l'homme à l'homme, que le bien sera fait, ou que nous périrons pour lui? Jurez, vous, prêtres; vous, hommes lâches et frauduleux; vous, ruines de l'homme, débiles vieillards, âmes infirmes, qui accueillez l'outrage. Qu'ils jurent dans la cause injuste, ces viles créatures dont les hommes suspectent la foi; mais nous, ne gênons point le libre ressort de nos courages ; ne profanons point la vertu de notre entreprise, par l'idée que notre cause ou son exécution eurent besoin d'un serment. Chaque goutte du noble sang de Rome a dégénéré dans les veines du Romain qui viole un seul mot de sa promesse, dès qu'elle est sortie de sa bouche.

CASSIUS

Mais que décidons-nous sur Cicéron ? N'êtes-vous pas d'avis de le sonder? Je crois qu'il nous appuyerait avec chaleur.

CASCA

Ne laissons pas Cicéron neutre.

CINNA

Non, gardons-nous-en bien.

METELLUS CIMBER

Oh! ayons pour nous Cicéron. Ses cheveux blancs nous gagneront la bonne opinion des hommes ; ils feront parler une foule de voix qui loueront notre action. On dira que sa tête a dirigé nos bras. Notre témérité, notre jeunesse disparaîtront : tout sera couvert de sa gravité.

BRUTUS

Oh! ne le nommez pas; ne nous ouvrons point à cet homme. Jamais il n'achèvera ce que d'autres auront commencé.

CASSIUS

Laissons-le donc à l'écart.

CASCA

En effet, il ne nous convient pas.

DECIUS

Ne frappera-t-on aucun autre que César?

CASSIUS

Ta question est juste, Décius. Moi, je pense qu'il n'est pas à propos que Marc-Antoine, si chéri de César, survive à César. Nous trouverons en lui un subtil machinateur d'intrigues; et, vous le savez, ses ressources, s'il les met en œuvre, pourraient s'étendre assez loin pour nous devenir fatales à tous. Pour prévenir ce danger, qu'Antoine et César tombent ensemble?

BRUTUS

Notre conduite, Caïus Cassius, paraîtra trop sanguinaire, si, après avoir abattu la tête, nous déchirons encore les membres, comme des meurtriers pleins de rage en donnant la mort, et de haine après l'avoir donnée; car Antoine n'est qu'un membre de César. Soyons des sacrificateurs et non pas des bourreaux, Cassius: c'est contre l'esprit de César que nous nous élevons tous, et non contre son sang; il n'y en a point dans l'esprit de l'homme. Oh! si nous pouvions atteindre à l'esprit de César, sans déchirer le flanc de César! Mais, hélas! pour cela il faut que le sang de César coule: eh! mes amis, tuons-le avec fermeté et non avec furie. Traitons-le comme une hostie offerte aux dieux et ne le démembrons point comme un cadavre destiné aux vautours. Que nos cœurs conduisent nos bras, comme ces maîtres prudents qui commandent à leurs serviteurs un acte de vengeance, et qui après les condamnent. Alors notre action deviendra l'effet non de l'envie, mais de la nécessité; elle paraîtra telle aux yeux du peuple; et nous serons nommés des purificateurs, non des assassins. Quant à Marc-Antoine, ne songe point à lui; il ne peut rien de plus contre nous, que le bras de César quand la tête de César sera abattue.

CASSIUS

Cependant je le redoute; car cette tendresse qui s'est enracinée dans son cœur pour César...

BRUTUS

Hélas! bon Cassius, ne songe point à lui. S'il aime César, tout ce qu'il pourra faire, n'agira que sur lui-même; il pourra se plonger dans la mélancolie, et mourir pour César; et ce serait beaucoup pour lui, livré, comme il est, aux sociétés, aux plaisirs et à la vie dissipée.

TREBONIUS

Non, il n'est point à craindre : épargnons-le; oh! il est d'humeur à vivre et à rire bientôt de cet évènement.

(L'horloge frappe.)

BRUTUS

Silence! comptons les heures.

CASSIUS

L'horloge a frappé trois coups.

TREBONIUS

Il est temps de nous séparer.

CASSIUS

Mais il est douteux encore si César voudra sortir aujourd'hui; car il est depuis peu devenu superstitieux : il a perdu tout à fait l'opinion sensée (4) à laquelle il tenait jadis sur les pronostics, les songes, et la vertu des sacrificateurs. Il se pourrait que ces prodiges apparents, les terreurs de cette nuit extraordinaire, les inspirations de ses augures, le détournassent de se rendre aujourd'hui au Capitole.

DECIUS

Ne le craignez pas. Si telle est sa résolution, je me charge de la vaincre; il aime à entendre raconter comment on prend des licornes avec des arbres trompeurs, les ours avec des miroirs, les éléphants dans des fosses, les lions avec des toiles, et les hommes avec des flatteurs; mais quand je lui dis que lui il hait les flatteurs, il répond qu'il les hait; et c'est alors surtout qu'il est pris lui-même à la flatterie. Laissez-le à mes soins; je sais comment donner à son esprit la pente qui l'attire, et je promets de le mener au Capitole.

CASSIUS

Nous irons tous chez lui le chercher.

BRUTUS, *d'un ton ferme.*

A huit heures : est-ce notre dernière parole ?

CINNA

C'est la dernière; et n'y manquons pas.

METELLUS CIMBER

Caïus Lugarius est ulcéré contre César, qui l'a maltraité pour avoir bien parlé de Pompée. Je m'étonne qu'aucun de vous n'ait songé à lui.

BRUTUS

Va donc, brave Métellus, va le trouver. Il m'est attaché, et je lui ai donné sujet de l'être : envoie-le-moi seulement, je saurai le décider.

CASSIUS

Le jour vient nous surprendre. Nous allons te quitter, Brutus ; et dispersez-vous, amis ; mais souvenez-vous bien de ce que vous avez dit, et montrez-vous tous vrais Romains.

(*Ils se prennent tous par une main, et posent l'autre sur leur cœur.*)

BRUTUS

Nobles amis, prenez un visage riant et serein. Que nos regards ne révèlent pas nos projets. Soutenons notre personnage, comme les acteurs de Rome, avec un esprit libre et un appareil de constance. Et maintenant, jour heureux à tous, et à chacun de vous. (*Il les accompagne. Tous sortent, excepté Brutus.*)

(*Lucius est endormi dans le fond du jardin, sous le feuillage.*)

BRUTUS *l'appelant.*

Jeune homme ! Lucius ! Il dort en paix ! Eh

bien! dors. Jouis du sommeil profond dont le baume te pénètre; tu n'as point de ces images, de ces fantômes, que l'active inquiétude figure dans le cerveau des hommes; aussi dors-tu de ce sommeil si pur!

(Il étend son propre manteau sur son serviteur.)

SCÈNE III

PORCIA *entre.*

PORCIA, *avec inquiétude.*

Brutus, seigneur!

BRUTUS

Porcia, quel est votre dessein? Pourquoi vous lever à cette heure? Il n'est pas bon pour votre santé d'exposer ainsi votre complexion délicate à l'air humide et froid du matin.

PORCIA

Il n'est pas meilleur pour la vôtre. Vous vous êtes dérobé de mon lit sans tendresse pour moi, Brutus; et hier au soir, à table, vous vous levâtes tout à coup et vous promenâtes longtemps, soupirant et pensif, tenant vos bras croisés; et quand je vous demandai ce qui vous occupait, vous me fixâtes avec un regard morne. Je vous pressai de nouveau; alors vous portâtes la main à votre front, et dans un excès d'impatience, vous frappâtes du pied: cependant j'insistai encore, vous ne répondîtes point encore; mais avec un geste chagrin et repoussant de votre main, vous me fîtes signe de vous laisser : je vous laissai, dans la crainte d'irriter votre impatience, qui déjà ne paraissait que trop allumée; espérant d'ailleurs que ce n'était là qu'un des accès de cette humeur qui de temps à autre prend quelque chose sur la vie de tous les hommes. Cela ne vous laisse ni manger, ni parler, ni dormir; et si ce chagrin changeait autant vos traits qu'il a déjà altéré votre caractère, je ne vous reconnaîtrais plus, Brutus. Mon cher époux, faites-moi la confidence de la cause de votre chagrin.

BRUTUS

Je ne me porte pas bien ; c'est tout.

PORCIA

Brutus est sage, et s'il se portait mal, il aimerait les moyens de recouvrer sa santé.

BRUTUS

Et c'est ce que je fais. Tendre Porcia, retournez à votre lit.

PORCIA

Brutus est malade! Est-ce donc un régime salutaire de se promener à demi-vêtu, et de respirer les vapeurs humides du matin? Quoi! Brutus est malade, et il se dérobe au repos bienfaisant de son lit, pour affronter les malignes influences de la nuit, et défier un air épais et malsain, qui ne peut qu'aggraver son mal? Non, mon cher Brutus; c'est dans votre âme qu'est le mal dont vous souffrez; et par mon titre auprès de vous par mes droits légitimes, je dois en être instruite; et à deux genoux, je vous adjure, au nom de ma beauté, qu'on vantait autrefois, au nom de tous vos serments d'amour, et de ce serment solennel, qui a fait de nous deux une seule âme en deux corps, de me découvrir à moi, qui suis la moitié de vous-même, qui suis vous-même, ce qui vous rend si sombre; et dites-moi quels étaient ceux qui sont venus vous trouver cette nuit? Car il est entré ici six ou sept hommes qui cachaient leurs visages à la nuit même.

(*Porcia tombe à genoux, Brutus la relève.*)

BRUTUS

Ah, quittez cette posture, tendre Porcia!

PORCIA

Je n'aurais pas besoin de la prendre, si vous étiez encore le tendre Brutus. (*Avec une fierté romaine.*) Répondez-moi, Brutus; dans notre contrat nuptial, a-t-il été stipulé que je ne participerais point aux secrets qui vous appartiennent? Ne suis-je une autre vous-même qu'avec des exceptions et des réserves? que pour vous tenir compagnie à table, partager votre couche, et causer quelquefois avec vous? Suis-je reléguée, et n'ai-je ma place qu'à la porte de votre cœur? Ah! si je n'ai rien de plus, Porcia est la concubine de Brutus, et non pas son épouse.

BRUTUS

Vous êtes ma digne épouse, dont je m'honore, et qui m'est aussi chère que les gouttes de sang qui portent la vie dans mon triste cœur.

PORCIA

Si cela était vrai, je saurais déjà ce secret. J'avoue que je suis une femme, mais une femme que le noble Brutus a prise pour épouse. J'avoue que je suis une femme, mais une femme digne du nom qu'elle porte, de fille de Caton. Pensez-vous que je ne sois pas plus forte que mon sexe, étant fille d'un tel père, et femme d'un tel époux? Dites-moi vos secrets, je ne les révèlerai point; j'ai déjà fait sur moi l'épreuve de ma constance, en enfonçant volontairement le fer dans cette cuisse. (*Elle regarde fixement Brutus.*) Si je puis porter cette douleur avec patience, ne pourrai-je porter les secrets de mon époux?

BRUTUS, *avec enthousiasme.*

O vous, dieux! rendez-moi digne de cette noble épouse. (*On frappe à la porte en dehors.*) Ecoutez, écoutez, on frappe. — Porcia, rentre un moment, et bientôt ton sein va recevoir tous les secrets de mon cœur; je te développerai tous mes engagements et le vrai caractère de cette tristesse répandue sur mon front. Retire-toi promptement. (*Porcia sort.*)

(*Lucius rentre; Ligarius le suit, de loin, d'un pas lent.*)

BRUTUS

Lucius, qui est-ce qui frappe?

LUCIUS

Voici un homme malade, qui vous demande un entretien.

BRUTUS

C'est Caïus Ligarius, dont Métellus a parlé. Lucius, éloigne-toi. (*Brutus s'avance*,) Eh bien! Ligarius?

LIGARIUS

Accepte le salut que t'adresse une voix faible.

BRUTUS

Oh! quel temps as-tu choisi, brave Caïus, pour porter une écharpe? Que je voudrais que tu fusses en santé!

LIGARIUS

Je ne suis plus malade, si Brutus a en main quelque entreprise marquée du nom de l'honneur.

BRUTUS

J'ai en main une entreprise de ce genre, Ligarius, si la santé te donnait une oreille assez forte pour m'entendre.

LIGARIUS

Par tous les dieux devant qui les Romains se prosternent, je secoue loin de moi mon infirmité. Ame de Rome! fils généreux sorti des flancs de l'honnenr, tu viens, comme un dieu, de conjurer le mal dans mon âme éteinte. Commande-moi, je cours; j'entreprendrai des choses impossibles, oui, j'en triompherai. Que faut-il faire?

BRUTUS

Un exploit qui rendra la santé à des hommes malades.

LIGARIUS

Mais n'est-il pas quelques hommes sains dont nous devons attaquer la santé ?

BRUTUS

C'est à quoi nous serons contraints aussi. Ce que c'est, cher Caïus, je te l'expliquerai, en nous rendant ensemble au lieu où il le faut faire.

LIGARIUS

Avance un pas, et d'un cœur rempli d'une flamme nouvelle, je te suis pour une action, j'ignore laquelle; mais il suffit que Brutus me guide.

BRUTUS

Suis-moi donc.

(*Ils sortent.*)

SCÈNE IV

La scène représente le palais de César. Des éclairs brillent. Le tonnerre recommence à gronder.

JULES CÉSAR *paraît.*

CÉSAR

Ni le ciel, ni la terre, ne sont en paix cette

nuit. Trois fois Calphurnia dans son sommeil s'est écriée : « Du secours ! Oh ! ils égorgent César ! » (*Se tournant vers une porte de l'appartement.*) Holà ! Qui veille ici ?

(*Un serviteur entre.*)

LE SERVITEUR

Seigneur ?

CÉSAR

Va, commande aux prêtres d'offrir à l'instant un sacrifice, et reviens m'apprendre quel succès ils en augurent.

LE SERVITEUR

J'y vais, seigneur. (*Il s'incline et sort.*)

(*César s'avance ; Calphurnia se présente devant lui.*)

CALPHURNIA

Que prétendez-vous, César ? Pensez-vous à sortir ? Vous ne franchirez point cette porte aujourd'hui.

CÉSAR

César sortira. Les périls qui m'ont menacé ne m'ont jamais envisagé en face : dès qu'ils verront le front de César, ils s'évanouiront.

CALPHURNIA

César, jamais je ne m'arrêtai aux présages ; mais aujourd'hui ils m'épouvantent. Sans parler de tout ce que nous avons entendu et vu d'étrange, un homme qui est ici raconte des prodiges plus horribles dont les gardes ont été témoins. Une lionne a enfanté au milieu des rues; les tombes se sont fendues et ont cédé leurs morts. De terribles guerriers de feu portés sur les nuages combattaient par légions rangées en ordre d'armée. L'air retentissait, froissé du choc de la bataille; le sang ruisselait des nues sur le Capitole; les coursiers hennissaient, les hommes mourants gémissaient, et des spectres rôdaient dans les rues, et poussaient des cris aigus et lamentables! O César! ces prodiges sont inouïs, et je les redoute.

CÉSAR

Quel évènement peut être évité, dont l'issue est marquée par les puissants dieux? César sortira; car ces présages s'adressent au monde entier autant qu'à César.

CALPHURNIA

Quand les hommes de néant meurent, les comètes ne se font point voir; mais les cieux mêmes tout en feu éclairent la mort des princes.

CÉSAR

Les lâches meurent plusieurs fois avant leur mort; le brave ne goûte de la mort qu'une fois. De toutes les choses étonnantes dont j'aie jamais ouï parler, la plus étonnante pour moi, c'est que les hommes puissent sentir la crainte, voyant que la mort est une fin inévitable, qui arrivera à l'heure où elle doit arriver. (*Le serviteur rentre.*) Que disent les augures?

LE SERVITEUR

Ils voudraient que César s'abstînt de sortir aujourd'hui; en cherchant dans les entrailles de la victime, ils n'ont pu trouver le cœur de l'animal.

CÉSAR

Les dieux ont voulu faire honte à la lâcheté. César serait sans cœur comme cet animal, si la peur le retenait aujourdhui dans sa maison; non, César n'y restera pas. Le danger et moi, sommes deux lions nés le même jour; je naquis le premier et suis le plus terrible. Le danger sait bien que César est plus puissant que lui; et César sortira.

CALPHURNIA

Hélas, seigneur, votre prudence se perd dans un excès d'assurance. Ne sortez point aujourd'hui. La cause qui vous retient ici, nommez-la ma crainte et non la vôtre. Nous allons députer Marc-Antoine au Sénat; il annoncera que ce matin votre santé n'est pas bonne. A vos genoux, laissez-moi remporter cette victoire.

CÉSAR, *touché.*

Marc-Antoine dira que ma santé n'est pas bonne, et pour vous complaire, je resterai.

SCÈNE V

DECIUS *entre.*

CÉSAR *poursuit.*

Voici Décius-Brutus; il le dira de ma part.

DECIUS

Hommage à César! Jour heureux, vaillant César! Je viens te chercher pour t'accompagner au sénat.

CÉSAR

Et tu es venu fort à propos, Décius, pour porter mon salut aux sénateurs. Dis-leur qu'aujourd'hui je ne veux pas aller au sénat. Que je ne le puis, est faux; que je ne l'ose pas, plus faux encore. Je n'y veux pas aller aujourd'hui. Dis-le leur ainsi, Décius.

CALPHURNIA

Dites que César est malade.

CÉSAR

César enverra-t-il un mensonge? Ai-je étendu si loin mon bras dans les conquêtes pour craindre de dire la vérité à ces vieillards à barbe grise? Pars, Décius, dis-leur que César n'y veut pas aller.

DECIUS

Très puissant César, daigne me donner quelque raison, de peur qu'on ne me rie en face, quand je leur rendrai ce discours.

CÉSAR

La raison est dans ma volonté; je n'y veux pas aller. Pour satisfaire le sénat, ce mot suffit; mais pour te satisfaire, toi, et parce que je t'aime, je veux bien t'en dire la raison.

C'est Calphurnia que voilà, mon épouse, qui me retient ici. Elle a eu cette nuit un songe; elle a vu ma statue verser le sang pur, comme une fontaine percée de cent ruisseaux. Plusieurs Romains sont venus le front riant, et ont baigné dans le sang leurs bras nerveux. Elle prend ces visions pour des avis et des présages de maux imminents; et à genoux, elle m'a conjuré de rester avec elle aujourd'hui.

DECIUS

Ce songe est interprété tout à contre-sens: c'est une vision heureuse et favorable. Ta statue, d'où le sang s'élance en plusieurs jets; tous ces Romains qui s'y baignent en souriant, figurent qu'en toi l'illustre Rome va puiser un sang nouveau qui la rajeunira; que les plus grands de l'Etat s'empresseront pour tenir de toi des symboles et des marques d'honneur, des gages révérés de ta mémoire: et voilà ce qui est annoncé dans le songe de Calphurnia.

CÉSAR

Et de cette manière, tu en as bien expliqué le sens.

DECIUS

Et mieux encore, quand tu auras entendu ce que je te puis dire. Sache maintenant que le sénat a résolu de décerner ce matin une couronne au grand César. Si tu leur envoies dire que tu ne veux pas t'y rendre, leurs esprits peuvent changer. D'ailleurs ceci prêterait à l'ironie, ferait dire à quelqu'un: « Congédiez le sénat jusqu'à un autre jour, où la

« femme de César sera favorisée de rêves « plus heureux. » Si César se cache, ne se diront-ils pas à l'oreille « Voyez, César a peur! » Pardonne-moi, César; c'est mon tendre, oui mon tendre zèle pour ta fortune, qui me commande de te parler ainsi, et les raisons de bienséance s'évanouissent devant mon zèle.

CÉSAR

Que vos terreurs semblent puériles maintenant, Calphurnia! J'ai honte d'y avoir cédé. Qu'on me donne ma robe; je veux aller au sénat.

SCÈNE VI

BRUTUS, LIGARIUS, METELLUS CIMBER, CASCA, TREBONIUS, CINNA et PUBLIUS *entrent les uns après les autres.*

CÉSAR *continuant.*

Et voyez, Publius ici vient me chercher.

PUBLIUS

Bonjour, César.

CÉSAR

Sois le bienvenu, Publius. *(Il s'avance au devant de ceux qui entrent.)* Brutus aussi? Comment! levé de si bonne heure! Bonjour, Casca. Caïus Ligarius, jamais César ne fut autant votre ennemi que cette fièvre qui vous a ainsi consumé. — Quelle heure est-il?

BRUTUS *d'un ton grave.*

César, huit heures sont sonnées.

CÉSAR *à tous.*

Je vous rends grâce de votre complaisance et de vos soins. (*Antoine paraît.*) Quoi! voilà Antoine! Lui qui se livre au plaisir le long des nuits, il n'en est pas moins matinal. Bonjour, Antoine.

ANTOINE

Je salue l'illustre César.

CÉSAR *montrant la porte intérieure.*

Dis-leur de tout préparer. — Je mérite des reproches pour me faire ainsi attendre. — Salut, Cinna; salut, Métellus. Ah! Trébonius! Je vous réserve un entretien d'une heure entière. Souvenez-vous de venir ici aujourd'hui. Tenez-vous près de moi, de peur que je ne vous oublie.

TREBONIUS

Je le ferai, César. (*A part.*) Et j'en serai si près, que tes meilleurs amis souhaiteront que j'en eusse été plus loin.

CÉSAR

Entrez, dignes amis, et prenez une coupe de vin avec moi; et semblables à de bons amis, nous partirons tout à l'heure ensemble.

(*Ils entrent dans l'intérieur de la maison.*)

BRUTUS *les suivant, et à voix basse.*

Tout ce qui paraît semblable, souvent n'est pas le même, ô César! le cœur de Brutus est navré de cette pensée.
(*Brutus suit les autres.*)

SCÈNE VII

La scène change et représente une rue qui conduit au Capitole.

ARTÉMIDORE *entre, tenant un écrit.*

ARTÉMIDORE *le relisant.*

« César, défie toi de Brutus; prends garde « à Cassius; n'approche point de Casca; « tiens un œil ouvert sur Cinna, ne te fie « point à Trébonius; observe bien Métellus « Cimber. Decius Brutus ne t'aime point; tu « as offensé Caïus Ligarius. Un seul, un même « esprit anime tous ces hommes, et il est « armé contre César : si tu n'es pas immor- « tel, veille autour de toi; la sécurité prête « flanc à la conspiration. Que les puissants « dieux te défendent.

« Ton ami ARTÉMIDORE. »

Je veux me poster ici et attendre que César passe; alors je lui présenterai ceci comme une supplique. Mon cœur déplore que la vertu ne puisse échapper à la dent de l'envie. Si tu lis cette note, ô César! tu peux vivre; si tu négliges de la lire, les destins sont du complot des traîtres. (*Il s'enfonce sous une arcade retirée.*)

(*Porcia, suivie de Lucius, paraît dans la rue et marche à pas précipités.*)

PORCIA

De grâce, Lucius, cours au sénat. Ne t'arrête point à me répondre, mais pars, cours; pourquoi t'arrêtes-tu ?

LUCIUS

Pour savoir mon message, madame.

PORCIA, *avec agitation.*

Je le voudrais déjà fait, et toi de retour en moins de temps qu'il n'en faut pour te dire ce que tu dois y faire. — O constance, sois ferme à mes côtés! Elève un mur insurmontable entre mon cœur et ma langue : j'ai l'âme d'un homme, mais je n'ai que la force d'une femme. Oh! qu'il est difficile aux femmes de porter un secret! — Quoi! te voilà encore!

LUCIUS

Que m'ordonnez-vous, madame? Courir au Capitole sans y rien faire, et revenir vers vous sans avoir rien fait?

PORCIA

Oui... Lucius, rapporte-moi si ton maître a l'air serein; il est sorti malade.... Et remarque bien ce que fait César, quels sont les suppliants qui se pressent autour de lui... Ecoute, Lucius! Quel bruit est-ce là?

LUCIUS

Je n'entends rien, madame.

PORCIA

De grâce, prête bien l'oreille. J'ai entendu une rumeur éclatante comme un tumulte que le vent apportait du Capitole.

LUCIUS

En vérité, madame, je n'entends rien.

(*Artémidore reparaît dans la rue.*)

PORCIA

Approche, passant ; de quel côté viens-tu ?

ARTÉMIDORE

Noble dame, de ma maison.

PORCIA

Quelle heure est-il ?

ARTÉMIDORE

Environ neuf heures, madame.

PORCIA

César est-il déja rendu au Capitole?

ARTÉMIDORE

Madame, pas encore. Je vais prendre ma place pour le voir, quand il passera pour s'y rendre.

PORCIA, *le regardant fixement.*

Tu as quelque supplique pour César? Dis, n'en as-tu pas une?

ARTÉMIDORE

J'en ai une, madame. S'il plaît à César de vouloir assez de bien à César pour m'écouter, je le conjurerai de s'aimer lui-même.

PORCIA, *dans la plus grande alarme.*

Quoi! sais-tu quelque mal dont sa personne soit menacée?

ARTÉMIDORE

Rien que je sache qui doive arriver; beaucoup de risques que j'appréhende. — Salut, madame. La rue est étroite ici. Cette foule, qui obsède César, de sénateurs, de préteurs, de suppliants, de peuple, presseraient, étoufferaient un faible vieillard. Je veux gagner un lieu plus spacieux, et là, parler au grand César au moment de son passage.

(*Artémidore s'éloigne et disparaît.*)

PORCIA

Il faut que je rentre... Oh! pitié de moi! Quelle faible chose c'est que le cœur d'une femme!..... O Brutus, Brutus! que les dieux te secondent dans ton entreprise!..... (*A part, se tournant et apercevant Lucius.*) Sûrement ce serviteur m'aura entendue..... (*Haut, s'adressant à lui.*) Brutus a une requête que César n'accordera pas.... Oh! je me sens défaillir..... Cours, Lucius, recommande-moi au souvenir de mon époux. Dis-lui... que je suis joyeuse; reviens vite, et me rapporte ce qu'il t'aura dit.

ACTE TROISIÈME

SCÈNE PREMIÈRE

La scène représente la rue qui fait face au Capitole, et dans le fond le Capitole ouvert ; on découvre l'intérieur de la salle du sénat dans presque toute son étendue.

Le sénat est en marche, le peuple borde la rue, les trompettes se font entendre.

Un gros de licteurs, de sacrificateurs, de clients, précède les sénateurs. A quelque distance, JULES CÉSAR *paraît, entouré de* BRUTUS, CASSIUS, CASCA, DECIUS, METELLUS CIMBER, CINNA, ANTOINE, LEPIDUS, POPILIUS, PUBLIUS, *et autres sénateurs.* TREBONIUS *se tient un peu plus à l'écart.* L'ASTROLOGUE *paraît immobile au premier rang du peuple.* ARTÉMIDORE *se montre à quelque distance.*

(César en passant s'adresse à l'Astrologue.)

CÉSAR

Les ides de mars sont arrivées.

L'ASTROLOGUE

Oui, César, mais non passées.

ARTÉMIDORE

Salut à César. — Lis cet écrit.

DECIUS *s'empressant d'aborder César de l'autre côté.*

Trébonius te conjure de parcourir à ton loisir son humble requête, que voici.

ARTÉMIDORE

O César, lis d'abord la mienne ; car c'est la mienne dont l'objet touche César de plus près. Lis celle-ci, grand César.

CÉSAR

Ce qui n'intéresse que nous sera examiné le dernier.

ARTÉMIDORE

Ne diffère pas, César, lis la mienne à l'instant.

CÉSAR

Quoi ! cet homme est-il insensé ?

PUBLIUS

Importun, fais place.

CASSIUS

Quoi ! dans la rue même, vous présentez vos demandes ? Venez au Capitole.

POPILIUS, *à part, à Cassius.*

Je souhaite que votre entreprise puisse réussir aujourd'hui.

CASSIUS

Quelle entreprise, Popilius ?

POPILIUS

Adieu !

(*Il s'éloigne.*)

BRUTUS

Que t'a dit Popilius Léna?

CASSIUS

Qu'il souhaitait que notre entreprise pût réussir aujourd'hui. Je crains que notre dessein ne soit découvert.

BRUTUS

Regarde de quelle manière il aborde César. Observe-le.

CASSIUS, *bas à Casca.*

Casca, sois prompt; car nous craignons d'être prévenus. Brutus, que ferons-nous si nous sommes trahis? Cassius, ou César, ne repassera jamais sur ce chemin. (*Portant la main sur son poignard caché.*) Je me tuerai plutôt moi-même.

BRUTUS

Cassius, sois ferme! Popilius Léna ne parle point de notre dessein. Regarde, il sourit, et César ne change point de visage.

(*Ici César, suivi de tous les sénateurs, entre dans la salle du sénat.*)

CASSIUS

Trébonius sait prendre son temps. Remarques-tu, Brutus? Il tire Marc-Antoine à l'écart.

DECIUS *aux autres conjurés, baissant la voix.*

Où est Métellus Cimber? Laissez-le passer et présenter en ce moment sa requête à César.

(Un court silence.)

BRUTUS *bas aux conjurés.*

Il s'est présenté. Serrons-nous et le secondons.

CINNA, *bas.*

Casca, c'est toi qui dois lever ton bras le premier.

(Dans ce moment César, s'assied. Tous les autres debout se rangent autour de lui, suivant l'usage de ceux qui présentaient des suppliques au sénat.)

CÉSAR

L'assemblée est-elle prête? Quels sont les abus que César et son sénat doivent réformer?

METELLUS CIMBER *s'inclinant.*

Très noble, très grand et très puissant César, Métellus Cimber s'incline humblement devant ton tribunal. *(Il fléchit un genou.)*

CÉSAR

Je dois te prévenir, Cimber, que ces basses adulations, ces génuflexions rampantes, peuvent enflammer le sang des hommes vulgaires, et changer en vains projets d'enfants les décrets arrêtés dans leurs premières résolutions. N'aie point la folle pensée que le cœur de César lui soit assez rebelle pour s'amollir et perdre son vrai caractère par ces moyens qui attendrissent les âmes imbéciles, comme de douces paroles, de serviles et insinuantes caresses, des humiliations profondes, absurdes jusqu'à terre. Ton frère est banni par un décret. Si tu te courbes, si tu me flattes, si tu supplies pour lui, je te dédaigne, Cimber, comme l'animal incommode que je repousse loin de moi. Apprends que César ne fait point d'injustice, et que sans une raison il ne se laisse point fléchir.

METELLUS CIMBER *se tournant vers les autres.*

N'est-il point ici quelque voix plus éloquente que la mienne, qui avec des accents plus doux à l'oreille du grand César, sollicite le rappel de mon frère exilé?

BRUTUS *s'approchant de César.*

Je baise ta main, mais non par flatterie, César, en te demandant que Publius Cimber obtienne à l'instant son rappel.

CÉSAR

Quoi! Brutus!

CASSIUS *se faisant violence.*

Pardon, César, pardon. Cassius abaisse son front aussi bas que tes pieds pour implorer de toi le retour de Publius Cimber.

CÉSAR

Vous pourriez me fléchir si je vous ressemblais : si je pouvais supplier pour émouvoir, je pourrais être ému par les prières. Mais je suis immuable comme l'étoile du nord, qui, dans le firmament, ne voit point de rivale de sa fixe et permanente immobilité. Le champ des cieux est semé d'astres innombrables ; tous sont de flamme, et chacun d'eux étincelle de lumière ; mais il n'en est qu'un, un seul parmi tous, qui garde constamment sa place. Ce monde est de même peuplé d'hommes, tous formés de chair et de sang, tous agités par les passions ; mais dans cette foule d'hommes, je n'en connais qu'un qui sache, invariable, immobile au milieu des secousses, garder constamment son rang. Cet homme, c'est moi : je prétends, dans cette occasion même, en donner une preuve. Je fus ferme en voulant le bannissement de Cimber ; je demeure ferme en voulant qu'il reste banni.

METELLUS CIMBER

O César !

CÉSAR

Loin de moi. Veux-tu ébranler les montagnes ?

DECIUS

Grand César !

CÉSAR *repoussant Decius.*

Brutus n'a-t-il pas fléchi le genou en vain ?

CASCA

Poignards, parlez pour moi.

(Casca frappe César; les autres conjurés le secondent et frappent en même temps. César, déjà atteint de plusieurs coups, se lève, et se débattant contre eux tous, il les entraîne jusqu'auprès de Brutus, qui le perce comme à regret en fermant les yeux. César va tomber enfin aux pieds de la statue de Pompée.)

CÉSAR *en tombant.*

Et toi, Brutus!... Meurs donc, César. *(Il expire.)*

CINNA, *à haute voix.*

Liberté! affranchissement! La tyrannie est morte. Courez, publiez, faites retentir ce cri dans les rues.

CASSIUS

Quelques-uns de vous aux tribunes; allez et criez : Franchise! délivrance! liberté!

BRUTUS

Peuple et sénateurs, ne vous effrayez point; ne fuyez point, restez à vos places : l'ambition a payé sa dette.

CASCA

Va à la tribune, Brutus.

DECIUS

Et Cassius aussi.

BRUTUS

Où est Publius?

CINNA

Le voici, tout consterné de ce soulèvement,

METELLUS CIMBER

Demeurons ferme tous ensemble, de crainte que quelques amis de César peut-être.....

BRUTUS

Ne parle point de demeurer. — Publius, prends courage : on n'en veut point à ta personne, ni à aucun autre Romain. Annonce-le à tous, Publius.

CASSIUS

Et quitte nous, de crainte que ce peuple, fondant sur nous, n'attente à ta vieillesse.

BRUTUS

Oui, va; et que nul homme ne réponde de cette action, que nous, ses auteurs.

SCÈNE II

TREBONIUS *accourt : on ferme les portes. Tous les conjurés font cercle autour du corps de César.*

CASSIUS

Où est Antoine?

TREBONIUS

Dans sa maison, où il s'est enfui plein

d'épouvante. Hommes, femmes, enfants, tressaillent, courent et jettent des cris comme au dernier jour de l'univers.

BRUTUS

Destins, nous connaîtrons vos volontés. Que nous devons mourir, nous le savons. Ce n'est que pour étendre la trame et l'allonger de quelques jours, que les hommes s'agitent.

CASSIUS

Oui, celui qui retranche vingt années de la vie, retranche vingt années de crainte de la mort.

BRUTUS

D'après ce principe, la mort est vraiment un bienfait; et nous nous sommes montrés les amis de César en abrégeant le temps qu'il avait à la craindre.

(Ils s'avancent vers la porte.)

CASCA

Arrêtez, Romains, baissons-nous, plongeons nos bras dans le sang de César, et rougissons-en nos épées. Marchons ensuite jusqu'à la place publique, et brandissant nos glaives sur nos têtes, crions tous : Paix, affranchissement, liberté !

CASSIUS

Baissons-nous donc, et trempons..... (*Tous, excepté Brutus, trempent leurs épées dans le sang de César.*) Combien de siècles futurs verront représenter cette scène illustre, notre ouvrage, dans des empires à naître et dans des langages encore inconnus !

BRUTUS

Combien de fois, offert en spectacle, il mourra ce César, que voilà gisant sur la base de la statue de Pompée, de pair avec la poussière.

CASSIUS

Et chaque fois que ce spectacle se renouvellera, autant de fois notre ligue fraternelle sera nommée : *les hommes qui donnèrent à leur pays la liberté.*

DECIUS

Eh bien, sortirons-nous?

CASSIUS

Oui, tous, et marchons. Brutus nous conduira : et nous honorerons ses pas du cortège des cœurs les plus honnêtes et les plus intrépides de Rome.

(*On frappe aux portes.*)

BRUTUS

Un moment. Qui vient à nous? Un suivant d'Antoine?

(*Un serviteur entre et se met à genoux*)

LE SERVITEUR

Brutus, mon maître, m'a recommandé de fléchir ainsi le genou; ainsi Marc-Antoine m'a enjoint de me prosterner, et dans cette posture, il m'a chargé de dire : « Brutus est noble, sage, vaillant et vertueux; César fut puissant, valeureux, illustre et sensible. Dis que j'aime Brutus et que je l'honore; dis que j'honorais César, le vénérais et l'aimais. Si Brutus veut répondre à Antoine de sa sûreté en venant ici, et lui expliquer comment César a mérité d'être frappé de mort, Marc-Antoine n'aimera pas César mort autant que Brutus vivant; mais il suivra les intérêts et la fortune du noble Brutus à travers les hasards de cette forme d'état toute nouvelle, avec une foi entière et sincère. » Ainsi parle Antoine, mon maître.

BRUTUS

Ton maître est un sage et brave Romain : jamais je n'en jugeai plus mal. Dis-lui que, s'il lui plaît de venir en ce lieu, il sera satisfait, et que, sur mon honneur, il en sortira sans nul outrage.

LE SERVITEUR

Je vais le chercher à l'instant.

(*Il sort.*)

BRUTUS

Je sais que nous l'aurons aisément pour ami.

CASSIUS

Je souhaite que nous le puissions : cependant, j'ai une âme qui le redoute, et toujours mes pressentiments sinistres adressent juste à l'événement.

SCÈNE III

ANTOINE *paraît. Sans regarder les conjurés, son premier mouvement est de courir vers le corps de César.*

BRUTUS

Voilà Antoine qui s'avance. Sois le bienvenu, Marc-Antoine.

ANTOINE

O puissant César, es-tu donc gisant dans cet abaissement profond? Tes conquêtes, tes trophées, tes triomphes et ta gloire sont-ils réduits et resserrés tous dans ce court espace? Sois en paix. (*Il se tourne vers les conjurés.*) Citoyens, j'ignore ce que vous méditez, quel autre sang doit être versé, quel autre est encore suspect. Si je le suis moi-même, il n'est point d'heure aussi convenable que celle de la mort de César, ni d'arme aussi digne de moitié que ces épées que vous tenez, illustrées par le plus noble sang de cet univers. Je vous en conjure, si vous avez de l'aversion pour moi, maintenant, tandis que vos mains sanglantes fument encore, satisfaites votre désir. J'aurais mille ans à vivre, que jamais je ne me trouverais si disposé à mourir. Aucun lieu, aucun genre de mort, ne me plairont jamais comme de mourir ici près de César et par vos coups, vous, l'élite des grandes âmes de cet âge.

BRUTUS

O Antoine, n'implore point de nous ta mort. Nous devons maintenant paraître sanguinaires et cruels; l'aspect de nos mains, de leur action qui est sous tes yeux, l'annonce : mais tu ne vois que nos mains, et cette sanglante exécution qu'elles ont faites; nos cœurs, tu ne les vois pas, ils sont pitoyables, et c'est la pitié pour l'injure publique faite à Rome, qui a frappé ce coup sur César : comme la flamme chasse une autre flamme, ainsi la pitié étouffe une autre pitié. Quant à toi, Marc-Antoine, la pointe de nos épées est, comme le plomb, molle et sans force contre toi; nos bras exempts de fraude et nos cœurs respirant des sentiments de frères, t'accueillent avec toute l'estime et la bienveillance d'une tendre affection.

CASSIUS

Ta voix aura autant d'influence que celle d'aucun autre Romain, dans la nomination des nouvelles dignités.

BRUTUS

Seulement, aie patience, jusqu'à ce que nous ayons calmé la multitude, qui s'assiège elle-même de frayeurs; et alors nous te déclarerons la cause pour laquelle j'ai pu, moi qui aimais César lorsque je le frappais, agir ainsi.

ANTOINE

Je ne doute point de votre sagesse. — Que chacun de vous tende sa main sanglante. D'abord, Marcus Brutus, je veux serrer la tienne; puis je prends ta main, Caïus Cassius; maintenant la tienne, Décius Brutus; et la tienne Métellus; et toi, Cinna; et toi, vaillant Casca; la tienne enfin, bon Trébonius, toi le dernier, mais non pas dans mon amitié. Vous tous, nobles citoyens..... Hélas! que dirai-je? Ma réputation pose maintenant sur une pente si glissante, que vous devez me voir sous l'une ou l'autre de ces deux faces odieuses, ou comme un lâche ou comme un flatteur. — Que je t'aimai, César, oh! c'est la vérité! Si ton âme nous contemple maintenant, ne sera-t-elle pas plus douloureusement affligée qu'elle ne le fut de ta mort, de voir ton Antoine faisant sa paix et pressant les doigts sanglants de tes ennemis, ô grand homme! en présence de ton cadavre? — Si j'avais autant d'yeux que tu as de blessures, tous versant autant de larmes que tes plaies versent de ton sang, cela me siérait bien mieux que de m'unir par des témoignages d'amitié avec tes ennemis. — Pardonne-moi, César. — Ici, tu fus investi comme le lion de la forêt. Ici, tu succombas. Ici, tes vainqueurs debout se présentent teints de ton sang et parés de ta dépouille. O monde! tu étais son domaine, et il était ton plus noble habitant! (*Se tournant avec attendrissement vers le corps.*) O comme te voilà, tel que l'animal mis à mort par une troupe de *princes*, ici tristement gisant!

CASSIUS, *d'un ton mécontent.*

Marc-Antoine!

ANTOINE

Pardonne moi, Cassius : les ennemis de César en diront autant. Ce n'est donc dans la bouche d'un ami qu'un modeste et bien froid éloge.

CASSIUS

Je ne te blâme point de louer ainsi César. Mais quel traité prétends-tu faire avec nous? Veux-tu être inscrit au nombre de nos amis, ou bien poursuivrons-nous sans compter sur toi?

ANTOINE

Quoi! vous savez que j'ai pris vos mains; mais, il est vrai, j'ai été distrait de mon objet en baissant les yeux sur César. Je suis votre ami à tous; oui, je vous aime tous, dans l'espérance que vous me donnerez des raisons, et me direz comment et en quoi César était dangereux.

BRUTUS

Autrement, oh! ce spectacle serait une barbarie! Nos raisons sont si justes et si pures, que fusses-tu, Antoine, le fils de César, tu devrais en être satisfait.

ANTOINE

C'est tout ce que je désire. Et j'ai une grâce à demander encore : qu'il me soit permis de présenter son corps sur la place publique, et de parler dans la tribune, comme il convient à un ami, pour la cérémonie de ses funérailles.

BRUTUS

Tu parleras, Marc-Antoine.

CASSIUS. *Il tire Brutus à l'écart, et lui parle bas.*

Brutus, un mot. Tu ne sais pas ce que tu permets. Ne consens point qu'Antoine parle à ses funérailles. Sais-tu à quel point le peuple peut être ému par la harangue qu'il saura faire?

BRUTUS

Si tu veux m'entendre... Je paraîtrai le premier dans la tribune. J'exposerai la cause de la mort de notre César. Tout ce qu'Antoine dira, je déclarerai qu'il le dit de notre aveu, par notre permission, et que nous consentons que César reçoive tous les devoirs funèbres, tous les honneurs décernés par les lois : cette conduite nous servira plus qu'elle ne peut nous nuire.

CASSIUS

Je ne sais ce qui en peut arriver. Ce parti me déplaît.

BRUTUS

Approche, Marc-Antoine; dispose du corps de César. Dans ta harangue funéraire, tu t'abstiendras de nous blâmer; mais dis de César tout le bien qui te viendra en pensée; et ajoute que c'est nous qui t'avons permis de le dire : autrement, tu n'auras aucune espèce de part dans ses funérailles. Et tu parleras dans la même tribune où je vais monter, dès que mon discours sera fini.

ANTOINE

Soit, comme tu le dis : je n'en désire pas davantage.

BRUTUS

Prépare donc le corps pour les obsèques, et suis-nous.

(*Tous les conjurés sortent.*)

SCÈNE IV

ANTOINE *demeure : il suit de l'œil les conjurés, et dès qu'il se voit seul, il se penche sur le corps de César.*

ANTOINE

O toi, masse de terre sanglante, pardonne-moi, si je parais doux et pacifique avec ces bourreaux ! Tu es le débris du plus grand homme qui ait jamais paru dans le torrent des âges ! Malheur à la main qui répandit ce sang d'un si grand prix ! Ici, sur tes blessures ouvertes comme autant de bouches muettes qui implorent de moi une voix et le secours de ma langue, je me sens inspiré... Des fléaux fondront sur la race des hommes. Les fureurs intestines, la terrible guerre civile, hérisseront de ruines tous les cantons de l'Italie. Le sang, la destruction, tous les objets d'horreur deviendront si communs, si familiers, que les mères ne feront plus que sourire à la vue de leurs enfants écartelés par les mains de la guerre. Toute pitié sera étouffée par l'habitude des actions atroces : et l'ombre de César, errante pour avoir vengeance, traînant à ses côtés Alecton venue ardente des enfers, fera retentir dans ces contrées une voix de monarque, criant *carnage!* Elle déchaînera les lions de la guerre, tant qu'une nue contagieuse, exhalée des cadavres implorant leur sépulture, porte au-dessus de la terre l'horreur de cet acte impie ! (*Un serviteur paraît en habit de voyageur.*) Tu sers Octave César, n'est-il pas vrai ?

L'ESCLAVE

Je le sers, Marc-Antoine.

ANTOINE

César lui a écrit de se rendre à Rome.

L'ESCLAVE

Il a reçu les lettres de César. Il est en chemin, et il m'a chargé de vous dire de bouche... (*Il aperçoit le corps de César.*) O César !

ANTOINE

Ton cœur se gonfle : retire-toi à l'écart et pleure. L'attendrissement, je le sens, est un mal qui se gagne ; et mes yeux, en voyant ces gouttes de douleur rouler dans les tiens, commencent à se remplir de larmes. — Ton maître vient-il ?

L'ESCLAVE

Il couche cette nuit à sept lieues de Rome.

ANTOINE

Retourne sur tes pas, cours et lui annonce ce qui est arrivé. Il n'y a plus ici qu'une Rome en deuil, une Rome dangereuse ; Rome n'offre point encore de sûreté pour Octave ; hâte-toi, et donne-lui cet avis. —

Non, demeure encore : tu ne partiras point que je n'aie porté ce corps sur la place publique. Là, je sonderai, dans ma harangue au peuple, comment il prend l'acte cruel de ces hommes de sang ; et selon l'événement, tu rendras compte au jeune Octave de l'état des choses. — Prête-moi la main.

(Ils sortent, emportant le corps de César.)

SCÈNE V

La scène représente la place publique couverte de peuple. BRUTUS *traverse la foule pour monter dans la tribune aux harangues.* CASSIUS *et plusieurs autres conjurés sont en bas au milieu des plébéiens.*

PLÉBÉIENS, *à grands cris.*

Nous voulons qu'on nous satisfasse ; qu'on nous satisfasse.

BRUTUS

Suivez-moi donc et me donnez audience, amis. — Toi, Cassius, passe dans la rue voisine, et partageons le peuple entre nous. — *(A haute voix.)* Ceux qui voudront m'entendre parler, qu'ils demeurent ici : que ceux qui veulent suivre Cassius, aillent avec lui, et il va être rendu un compte public des motifs de la mort de César.

SECOND PLÉBÉIEN

Je veux entendre Cassius, afin de comparer leurs raisons, quand nous les aurons écoutés séparément l'un et l'autre.

(Cassius sort avec une partie du peuple.)

TROISIÈME PLÉBÉIEN

Le noble Brutus est monté, silence.

(*Brutus paraît sur la tribune, le poignard sanglant à la main.*)

BRUTUS

Ecoutez patiemment jusqu'à la fin.

Romains, compatriotes, amis, entendez-moi dans ma cause, et faites silence pour que vous puissiez entendre. Croyez-moi pour mon honneur, et ayez égard à mon honneur, afin que vous puissiez me croire. Jugez-moi dans votre sagesse, et éveillez vos esprits pour que vous puissiez mieux juger.

S'il est dans cette assemblée, s'il est quelque ami tendre de César, c'est à lui que je déclare que l'amour de Brutus pour César n'était pas moindre que le sien. Si cet ami demande : Pourquoi donc Brutus s'est-il élevé contre César ? voici ma réponse : Ce n'est pas que j'aimasse moins César, mais j'aimais Rome davantage. Auriez-vous mieux aimé que César fût vivant et mourir tous esclaves, que de voir César mort pour vivre tous libres ? César fut vaillant, je l'honore ; il fut fortuné, je me réjouis de ses succès ; il m'aimait, je le pleure ; mais il fut ambitieux, je l'ai tué. Ainsi, du respect pour sa vaillance, de la joie pour sa fortune, des larmes pour son amitié, et la mort pour son ambition.

Qui est assez lâche ici pour vouloir être un esclave ? S'il en est un qu'il parle ; car c'est lui que j'ai offensé. Qui est ici assez stupide pour ne vouloir pas être un Romain ? S'il en est un, qu'il parle ; car c'est lui que j'ai offensé. Qui est assez vil ici pour ne pas aimer sa patrie ? S'il en est un, qu'il parle ;

car c'est lui que j'ai offensé. — Je m'arrête pour attendre une réponse.

TOUT LE PEUPLE

Personne, Brutus, personne.

BRUTUS

Je n'ai donc offensé personne.

— Je n'en ai pas fait plus contre César, que vous n'avez droit de faire contre Brutus. Les titres de la mort de César sont enregistrés dans le Capitole : sa gloire n'est point ternie en ce qu'il eut de louable; elles ne sont point exagérées ses fautes, pour lesquelles il a subi la mort. (*Marc-Antoine paraît sur la place, conduisant le corps de César porté sur un cercueil et couvert d'un voile.*) Voici son corps que Marc-Antoine accompagne de son deuil, lui qui, sans avoir participé à la mort de César, recueillera les fruits de son trépas, un rang dans la république. Et qui de vous n'en recueillera pas? — Je me retire après ce mot : j'ai tué mon meilleur ami pour le salut de Rome. (*Elevant sur sa tête son poignard sanglant.*) Je garde le même poignard pour moi, dès que ma patrie aura besoin de ma mort.

TOUT LE PEUPLE

Vivez, Brutus, vivez, vivez!

PREMIER PLÉBÉIEN

Reconduisons-le en triomphe à sa maison.

SECOND PLÉBÉIEN

Élevons-lui une statue parmi ses ancêtres.

TROISIÈME PLÉBÉIEN

Qu'il soit fait César.

QUATRIÈME PLÉBÉIEN

Les meilleures qualités de César seront couronnées dans Brutus.

PREMIER PLÉBÉIEN

Nous allons le conduire à sa maison avec des acclamations de joie.

BRUTUS

Mes concitoyens! —

SECOND PLÉBÉIEN

Paix! silence! Brutus parle.

PREMIER PLÉBÉIEN

Holà! silence!

BRUTUS, *avec attendrissement.*

Bons compatriotes, laissez-moi me retirer seul; et, pour l'amour de moi, demeurez ici avec Antoine. Accueillez le corps de César, et accueillez aussi (*montrant Antoine*) sa harangue à la gloire de César. C'est notre permission qui autorise Marc-Antoine à la faire. Je vous conjure, que personne ne sorte d'ici que moi seul, jusqu'à ce qu'Antoine ait parlé.

(*Brutus se perd dans la foule.*)

SCÈNE VI

La scène ici est dans la place publique, près du Capitole, et dans la partie de la cité la plus peuplée.

PREMIER PLÉBÉIEN

Holà! restez : écoutons Marc-Antoine.

TROISIÈME PLÉBÉIEN

Qu'il monte dans la tribune. — Nous voulons l'écouter. Noble Antoine, montez.

ANTOINE, *affectueusement.*

Grâce à votre déférence pour Brutus, je vous suis redevable.

QUATRIÈME PLÉBÉIEN

Que dit-il de Brutus?

TROISIÈME PLÉBÉIEN

Il dit que, grâce à notre déférence pour Brutus, il nous est redevable à tous.

QUATRIÈME PLÉBÉIEN

Il fera bien de ne pas mal parler de Brutus.

PREMIER PLÉBÉIEN

Ce César était un tyran.

TROISIÈME PLÉBÉIEN

Oui, cela est certain. — Nous sommes tous bien heureux que Rome en soit délivrée.

SECOND PLÉBÉIEN

Paix! écoutons ce qu'Antoine pourra dire.

ANTOINE

Vous, bienveillants Romains...

TOUT LE PEUPLE

Silence! holà, écoutons-le.

ANTOINE

Amis, Romains, compatriotes, prêtez-moi l'oreille. — Je viens pour inhumer César, non pour le louer. Le mal que font les hommes vit après eux : le bien est souvent enseveli avec leurs cendres. Qu'il en soit ainsi de César! — Le noble Brutus vous a dit que César fut ambitieux; s'il fut tel, c'était une faute grave, et César l'a rigoureusement expiée. — Ici, de l'aveu de Brutus et des autres (car Brutus est un homme d'honneur, et tous les autres sont aussi des hommes d'honneur), je viens pour parler aux funérailles de César. Il était mon ami, il fut fidèle et juste envers moi; mais Brutus dit qu'il était ambitieux, et certes Brutus est un homme d'honneur. — César a ramené dans Rome une foule de captifs, dont les rançons ont rempli les coffres publics; est-ce en ce point qu'il parut ambitieux? — Lorsque les pauvres gémissaient, César pleurait. L'ambition serait formée d'une trempe plus dure. — Cependant

Brutus dit qu'il était ambitieux; et Brutus est un homme plein d'honneur. — Vous avez tous vu qu'aux Lupercales, trois fois je lui présentai une couronne de roi, et que trois fois il la refusa. Etait-ce là de l'ambition? Mais Brutus dit qu'il était ambitieux, et sûrement Brutus est homme d'honneur. Je ne parle point pour désapprouver ce que Brutus a dit; mais je suis ici pour dire ce que je sais. — Vous l'aimiez tous autrefois, et ce ne fut pas sans cause : quelle cause vous empêche donc aujourd'hui de pleurer sur lui? O discernement, tu as fui chez les brutes grossières et les hommes ont perdu leur raison! — Soyez indulgents pour moi; mon cœur est là, dans ce cercueil, avec César : jusqu'à ce que je l'aie rappelé à moi, il faut que je m'arrête....

PREMIER PLÉBÉIEN

Il y a, ce me semble, beaucoup de raison dans ce qu'il dit! Si tu examines sensément cette affaire, César a essuyé une grande injustice.

TROISIÈME PLÉBÉIEN

Oui; est-il vrai, compagnons? Je crains qu'il n'en vienne un plus méchant que lui dans sa place.

QUATRIÈME PLÉBÉIEN

Avez-vous remarqué ces mots : *Il ne voulut pas prendre la couronne?* Donc il est certain qu'il n'était pas ambitieux.

PREMIER PLÉBÉIEN

Si cela est prouvé, il en coûtera cher à ques-uns.

SECOND PLÉBÉIEN, *montrant Antoine.*

Le bon cœur! A force de pleurer, ses yeux sont rouges comme le feu.

TROISIÈME PLÉBÉIEN

Il n'est pas dans Rome un homme plus noble qu'Antoine.

QUATRIÈME PLÉBÉIEN

Mais écoute-le, il recommence à parler.

ANTOINE

Hier encore, la parole de César aurait pu résister à l'univers : aujourd'hui le voilà gisant, et pas un homme si chétif qui daigne lui rendre le moindre respect! — Citoyens, si j'avais du penchant à pousser vos esprits à la révolte et à remplir vos cœurs de rage, je pourrais nuire à Brutus et nuire à Cassius, qui, vous le savez tous, sont des hommes d'honneur. Je ne veux pas leur nuire : je préfère de faire tort au mort, à moi et à vous-mêmes, plutôt que de nuire à des hommes si pleins d'honneur. — Mais voici un écrit scellé du sceau de César; je l'ai trouvé dans son cabinet : c'est son testament. Seulement que les comices assemblés entendent ce testament, que, pardonnez-le moi, je n'ai pas dessein de vous lire; et tous courront baiser les plaies de César mort et recueillir sur des voiles les gouttes de son sang sacré, oui, et implorer un des cheveux de sa tête comme un gage de mémoire : et à leur mort ils le recommanderont dans leurs testaments, le léguant à leur postérité comme un précieux héritage.

QUATRIÈME PLÉBÉIEN

Nous voulons entendre le testament ; lisez-le, Marc-Antoine.

TOUT LE PEUPLE.

Le testament, le testament ! nous voulons entendre le testament de César.

ANTOINE

Modérez-vous, dignes amis : je ne dois pas le lire. Il n'est pas à propos que vous sachiez combien César vous aimait. Vous n'êtes pas de fer, vous n'êtes pas de marbre, vous êtes des hommes ; et étant des hommes et entendant le testament de César, il vous enflammerait, il vous rendrait furieux : il est bon que vous ne sachiez pas que..... vous êtes ses héritiers. Car si vous le saviez, oh ! qu'en arriverait-il ?

QUATRIÈME PLÉBÉIEN

Lisez le testament ; nous voulons l'entendre, Antoine : vous nous lirez le testament, le testament de César.

ANTOINE

Voulez-vous avoir de la patience ? Voulez-vous différer quelque temps. — Je me suis trop avancé en vous parlant du testament. Je crains de nuire à ces hommes d'honneur, dont les poignards ont massacré César. Je le crains.

QUATRIÈME PLÉBÉIEN

Ce furent des traîtres. Eux, des hommes d'honneur !

SECOND PLÉBÉIEN

Ce sont des scélérats, des assassins. — Le testament! lisez le testament!

TOUT LE PEUPLE

L'écrit! le testament!

ANTOINE

Vous voulez donc me contraindre à lire le testament? Formez donc un cercle autour du corps de César, et laissez-moi vous montrer celui qui fit le testament. — Descendrai-je? Me donnerez-vous la permission?...

TOUT LE PEUPLE

Venez, venez.

SECOND PLÉBÉIEN

Descendez.

TROISIÈME PLÉBÉIEN

Vous aurez la permission.

(*Ici Antoine descend de la tribune.*)

QUATRIÈME PLÉBÉIEN

Place! formons un cercle.

PREMIER PLÉBÉIEN, *au peuple.*

Ecartez-vous du cercueil! écartez-vous du corps!

SECOND PLÉBÉIEN

Place pour Antoine! le très noble Antoine!

ANTOINE

Ne vous jetez pas ainsi sur moi; tenez-vous éloignés.

TOUT LE PEUPLE

En arrière! place! reculons en arrière!

ANTOINE

Si vous avez des larmes, préparez-vous à les répandre maintenant. — Vous connaissez tous ce manteau. — Je me souviens du jour, de la première fois où César le porta; c'était un soir d'été, dans sa tente, le jour même qu'il dompta les Nerviens. — Regardez! à cet endroit a pénétré le poignard de Cassius. Voyez quelle large plaie a ouverte l'envieux Casca! C'est par là que le bien-aimé Brutus enfonça le coup; et comme il retirait à lui son fer impie, remarquez jusqu'où le sang suivit le poignard, se précipitant au dehors comme pour connaître si c'était Brutus même qui assassinait si cruellement : car Brutus, vous le savez, était l'idole de César. O vous, dieux!... Jugez avec quelle tendresse César l'aimait! ce coup fut pour lui, fut le plus cruel de tous; car lorsque le noble César vit Brutus le poignardant, l'ingratitude, plus forte que les bras des traîtres, acheva de le vaincre. Alors son cœur magnanime se brisa, et de son manteau enveloppant son visage, aux pieds même de la statue de Pompée qui ruisselait de son sang, le grand César tomba...

Oh! quelle chute, mes concitoyens! Alors vous et moi, et chacun de nous, fûmes terrassés du même coup, tandis que la trahison sanguinaire triompha sur nos têtes. — Oh! maintenant vous pleurez; je le vois, vous sentez le serrement de la pitié! Ce sont de généreuses larmes. Bons cœurs! quoi! vous pleurez en ne voyant encore que les plaies du manteau de notre César! Regardez ici : le voici lui-même déchiré, comme vous voyez, par des traîtres!

(Il ôte le voile et découvre le corps; un murmure de frémissement et d'indignation retentit dans l'assemblée.)

PREMIER PLÉBÉIEN

O spectacle de pitié!

SECOND PLÉBÉRIEN

O noble César!

TROISIÈME PLÉBÉIEN

O jour de calamité!

QUATRIÈME PLÉBÉIEN

Traîtres! scélérats!

PREMIER PLÉBÉIEN

O sanglant, sanglant aspect!

SECOND PLÉBÉIEN

Nous voulons être vengés! vengeance! — Cherchons de toutes parts. — Brûlons. — Du feu. — La mort. — Massacrons. — Ne laissons pas vivre un des traîtres.

ANTOINE

Arrêtez, concitoyens! —

PREMIER PLÉBÉIEN

Paix là! écoutez le noble Antoine.

SECOND PLÉBÉIEN

Nous voulons l'écouter; nous voulons le suivre; nous voulons mourir avec lui.

ANTOINE

Bons amis, chers amis, que ce ne soit point moi qui vous précipite dans ce torrent d'émeute soudaine. — Ceux qui ont fait cette action sont des hommes d'honneur. Quels griefs personnels ils ont eut pour la faire; hélas! je ne le sais pas. Ils sont sages et hommes d'honneur, et sans doute ils vous donneront quelques raisons. — Je ne viens point, amis, surprendre insidieusement vos cœurs : je ne suis point un orateur comme l'est Brutus; mais tel que vous me connaissez tous, un homme simple et franc, qui aime mon ami. Et ils le savent bien, ceux qui me donnent publiquement la permission de parler de lui (*montrant César*), car je n'ai ni grâces oratoires, ni méthode, ni talent, ni élocution, ni ce grand art de la parole, qui enflamme le sang des hommes. J'exprime naïvement ma pensée; je ne vous dis que ce que vous savez vous-mêmes. Je vous montre les blessures du bon César : pauvres, pauvres bouches muettes! et je les charge de parler pour moi! Mais si j'étais Brutus, et que Brutus fût Antoine, il y aurait alors un Antoine qui soulèverait vos esprits, qui donnerait à chaque plaie de César une voix capable d'animer, d'exciter à la révolte, jusqu'aux pierres de Rome.

TOUT LE PEUPLE

Nous voulons nous révolter.

PREMIER PLÉBÉIEN

Nous voulons brûler la maison de Brutus.

TROISIÈME PLÉBÉIEN

Marchons donc; venez, cherchons les conspirateurs.

ANTOINE

Écoutez-moi parler, compatriotes; écoutez-moi encore.

TOUT LE PEUPLE

Holà, silence; écoutons Antoine, le très noble Antoine.

ANTOINE

Quoi, mes amis, qu'allez-vous faire? Vous l'ignorez encore. En quoi César a-t-il mérité de vous tant d'amour? Hélas! vous l'ignorez. Il faut donc que je vous le dise. Vous avez oublié le testament, dont je vous ai parlé.

TOUT LE PEUPLE

Oh, il est vrai! — Le testament! restons, et écoutons le testament.

ANTOINE

Le voici le testament, et scellé du sceau de César. — A chaque citoyen romain, à chacun de vous tous, il donne soixante-quinze drachmes.

SECOND PLÉBÉIEN

O noble César! — Nous vengerons ta mort.

TROISIÈME PLÉBÉIEN

O royal César!

ANTOINE

Écoutez-moi avec patience.

TOUT LE PEUPLE

Silence donc.

ANTOINE

En outre, il vous a légué tous ses jardins, ses bocages fermés, et ses vergers récemment plantés sur l'autre rive du Tibre. Il vous les a laissés, à vous et à vos héritiers à perpétuité, comme des lieux de plaisance, des promenades champêtres, destinés à vos amusements. — (*Montrant César.*) Ici était un César : quand en renaîtra-t-il un pareil?

PREMIER PLÉBÉIEN

Jamais, jamais. — Venez, partons, partons; nous allons brûler son corps sur la place sacrée, et avec les tisons incendier toutes les maisons des traîtres. — Enlevez le corps.

SECOND PLÉBÉIEN

Allez, apportez du feu.

TROISIÈME PLÉBÉIEN

Abattez les sièges, les fenêtres, tout.

(*Le peuple sort, emportant le corps.*)

ANTOINE

Maintenant, laissons agir ce germe. — Désordre, te voilà déchaîné; prends le cours qui te plaît. — (*Un envoyé entre.*) Qu'y a-t-il, serviteur?

LE SERVITEUR

Déjà Octave est arrivé dans Rome.

ANTOINE

Dans quel lieu est-il?

LE SERVITEUR

Lui et Lépidus sont dans la maison de César.

ANTOINE

Et à l'instant je vais l'y joindre; il arrive aussi prompt que le désir. — La fortune est en belle humeur, et dans ce caprice elle nous accordera tout.

LE SERVITEUR

Octave a dit devant moi que Brutus et Cassius, comme des hommes troublés, s'étaient élancés au galop à travers les portes de Rome.

ANTOINE

Sans doute ils auront reçu du peuple quelque nouvelle de la manière dont je l'ai animé. — Conduis-moi vers Octave.

(Antoine sort, suivi du serviteur.)

SCÈNE VII

Entre un citoyen romain nommé HELVIUS CINNA. *Les plébéiens le suivent en foule et l'observent.*

CINNA, *seul*

Cette nuit j'ai rêvé que j'étais à un banquet avec César, et de sinistres idées obsèdent mon imagination : je me sens de la répugnance à sortir de ma maison ; cependant un certain ascendant m'entraîne.

(Les plébéiens l'abordent.)

PREMIER PLÉBÉIEN

Quel est ton nom ?

SECOND PLÉBÉIEN

Où allais-tu ?

TROISIÈME PLÉBÉIEN

Où demeures-tu ?

QUATRIÈME PLÉBÉIEN

Es-tu marié, ou non?

SECOND PLÉBÉIEN

Réponds juste à chacun de nous.

PREMIER PLÉBÉIEN

Oui, et en peu de mots.

QUATRIÈME PLÉBÉIEN

Oui, et sensément.

TROISIÈME PLÉBÉIEN

Oui, et sans déguisement; tu feras bien.

CINNA

Quel est mon nom? Où j'allais? Où je demeure? Si je suis marié ou non? Et répondre à chacun de vous juste, en peu de mots, et sans déguisement, et sensément. Sensément je réponds : je ne suis point marié.

SECOND PLÉBÉIEN

C'est comme s'il disait : ceux-là sont dupes qui se marient. Ce mot, j'en ai peur, pourra te coûter cher; réponds juste.

CINNA

Juste? j'allais aux funérailles de César.

PREMIER PLÉBÉIEN

Comme ami, ou comme ennemi?

CINNA

Comme ami.

SECOND PLÉBÉIEN

Bien; c'est répondre juste.

QUATRIÈME PLÉBÉIEN

Et ta demeure? En peu de mots.

CINNA

En peu de mots! Près du Capitole.

TROISIÈME PLÉBÉIEN

Et ton nom? Sans déguisement.

CINNA

Sans déguisement, Cinna.

PREMIER PLÉBÉIEN

Déchirons-le en pièces, c'est un conspirateur.

CINNA

Je suis Cinna le poète, le poète Cinna.

QUATRIÈME PLÉBÉIEN

Déchirez-le pour ses vers; déchirez-le en pièces pour ses vers.

CINNA *tremblant.*

Hé! je ne suis point Cinna le conspirateur.

QUATRIÈME PLÉBÉIEN

N'importe, il se nomme Cinna, arrachons-lui le nom et le cœur, et laissons-le aller.

TROISIÈME PLÉBÉIEN

Déchirez-le, déchirez-le. — Allons, des brandons, holà, des brandons de feu. — Chez Brutus, chez Cassius, brûlons tout. Quelques-uns à la maison de Décius; d'autres chez Casca; d'autres chez Ligarius, partons, courons.

(Ils sortent en tumulte, traînant Cinna.)

ACTE QUATRIÈME

SCÈNE I

La scène est dans une petite île auprès de Mutina, sur la rivière nommée le Lavinius ; on voit un pavillon de bois bâti pour la conférence.

ANTOINE, OCTAVE *et* LEPIDUS *paraissent assis autour d'une table. Antoine tient une liste en main.*

ANTOINE *marquant différentes lignes de la liste.*

Ainsi tous ces hommes périront. Leurs noms sont piqués.

OCTAVE

Ton frère aussi doit mourir, Lépidus. Y consens-tu ?

LEPIDUS

J'y consens.

OCTAVE

Pique-le, Marc-Antoine.

LEPIDUS

A condition que Publius ne vivra pas, oui, le fils de ta sœur, Antoine.

ANTOINE

Il ne vivra pas. Vois, avec un point je le

dévoue. (*Piquant le nom.*) — Mais, Lépidus, rends-toi à la maison de César. Rapporte ici le testament ; et nous verrons à nous défaire encore (*montrant la liste.*) du fardeau de quelques legs.

LEPIDUS

Mais vous, retrouverai-je ici?

OCTAVE

Ou ici, ou au Capitole.

(*Lépidus sort.*)

ANTOINE *regardant aller Lépidus.*

C'est là un homme nul et sans mérite, bon à être envoyé en message. Lorsqu'il se fait trois parts de l'univers, convient-il qu'il avance la main, et soit l'un des trois qui le partagent?

OCTAVE

Vous en jugiez ainsi, et dans le noir décret de notre proscription, vous avez pris sa voix sur ceux qui devaient être marqués pour mourir!

ANTOINE

Octave, j'ai vu plus de jours que toi; et si nous plaçons ces honneurs sur cet homme dans la vue de nous soulager nous-mêmes de divers fardeaux odieux, il ne fera que porter sa charge, comme l'âne stupide porte l'or, haletant et gémissant sous le poids, conduit ou chassé dans la voie que nous lui désignons; et quand il aura voituré notre trésor au lieu destiné par nous, alors nous lui reprenons son fardeau, et le congédiant comme l'animal allégé, nous l'envoyons secouer sa tête, et paître les friches abandonnées.

OCTAVE

Vous pouvez en user comme il vous plaît; mais c'est un soldat intrépide et éprouvé.

ANTOINE

Mon cheval l'est aussi, Octave; et pour ce mérite je lui assigne un honnête fourrage. C'est un être passif que j'instruis à combattre, à volter, s'arrêter ou courir en avant. Son mouvement machinal est gouverné par mon intelligence; et à certains égards, Lépidus n'est rien de plus, il veut être dressé, discipliné, et averti de se mettre en marche. C'est un esprit stérile de sa nature, qui se repaît d'imagination, d'objets de rebut dont il fait sa mode nouvelle au moment où, tombés en désuétude, ils sont délaissés des autres hommes. N'en parle plus que comme d'un instrument à nous : et maintenant, Octave, tourne ton attention vers de grands intérêts. — Brutus et Cassius marchent levant des armées; il faut nous hâter de leur faire tête. Songeons donc à nous combiner dans notre alliance, à nous assurer de nos meilleurs amis, à déployer toute l'étendue de nos ressources : et allons de ce pas nous asseoir au conseil, convenant des plus sûrs moyens pour éventer les menées sourdes, et faire face aux périls évidents.

OCTAVE

Faisons ce que tu dis : car nous sommes

au centre d'un cercle d'ennemis qui aboient autour de nous ; et plusieurs, qui nous sourient, couvent, je le crains, dans leur cœur, la malveillance et les embûches.

(*Ils sortent ensemble.*)

SCÈNE II

La scène représente le devant de la tente de Brutus au camp de Sardis, et d'autres tentes plus éloignées de la vue. Un bruit d'instruments de guerre.

BRUTUS *se promène avec un gros d'officiers et de soldats sur le front des lignes.* LUCILIUS *arrive d'abord,* TITINIUS *et* PINDARUS *se présentent ensuite au bord extérieur des retranchements.*

BRUTUS *s'avançant.*

Holà, halte!

LUCILIUS

Donnez le mot de guerre. Holà ! et halte !

BRUTUS

Ah ! Lucilius ! Eh bien, Cassius est-il proche ?

LUCILIUS

Il nous suit de près ; et Pindarus a précédé son maître pour vous saluer de sa part.

BRUTUS *se tournant vers Pindarus.*

Son salut m'est agréable. Pindarus, votre

maître, soit par son propre changement, soit par des influences ennemies, m'a donné quelques sujets de souhaiter que des choses faites ne le fussent pas ; mais puisqu'il arrive, il me satisfera lui-même.

PINDARUS

Je ne doute point que mon noble maître ne se montre tel qu'il est, plein de prudence et d'honneur.

BRUTUS

Il n'est point soupçonné. — Lucilius, un mot. (*Il prend Lucilius à part.*) Comment t'a-t-il reçu ? Eclaircis-moi ce doute.

LUCILIUS

Avec civilité et assez d'égards, mais non pas avec ce ton de familiarité, avec cette franchise et cette conversation amicale, qui lui étaient ordinaires autrefois.

BRUTUS

Tu viens de peindre un ami chaud qui se refroidit. Remarque, Lucilius, que toujours l'amitié, quand elle commence à décliner et à s'éteindre, fait parade de cérémonies affectées. Il n'y a point d'art ni de feinte dans la simple et naïve bonne foi, mais les hommes au cœur vide et faux ressemblent à ces coursiers qui, pleins de feu sous la main, font montre d'ardeur et promettent des prouesses ; mais au moment où il faudrait s'élancer sous l'éperon sanglant, ils laissent tomber leur tête et fléchissent comme des animaux sans vertu, ils vous trahissent à l'épreuve. — Vient-il avec toutes ses troupes ?

LUCILIUS

Elles comptent prendre cette nuit leurs quartiers dans Sardis. Le gros de l'armée, la cavalerie entière, arrivent avec Cassius.

(*Une marche se fait entendre au loin.*)

BRUTUS

Ecoutons, il s'approche. Marchons tranquillement à sa rencontre.

(*Brutus fait quelques pas, Cassius paraît avec ses soldats à l'entrée du camp.*)

CASSIUS

Halte, holà !

BRUTUS

Halte ! faites passer l'ordre le long des files.

(*On entend répéter successivement jusqu'à trois fois.*)

Halte ! halte ! halte !

CASSIUS *à Brutus.*

Mon noble frère, vous m'avez fait outrage.

BRUTUS

O vous, dieux, jugez-moi ! Ai-je outragé mes ennemis ? Et si je ne l'ai pas fait, comment voudrais-je outrager un frère ?

CASSIUS

Brutus, ce front calme, que vous portez,

couvre des insultes ; et quand vous les faites...

BRUTUS, *l'interrompant.*

Cassius, possède-toi. — Exposez tranquillement vos sujets de plainte. — Je vous connais bien. — Ne querellons point ici sous les yeux de nos deux armées, qui ne doivent voir entre nous que de l'amitié. Faites retirer vos soldats ; et alors, Cassius, venez dans ma tente, détaillez vos griefs, et je vous écouterai.

CASSIUS

Pindarus commande à nos chefs de conduire leurs bandes à quelques pas de ce terrain.

BRUTUS

Donne le même ordre, Lucilius. Et tant que durera notre conférence, ne laisse personne approcher de la tente. Lucius et Titinius en garderont l'entrée.

(*Tous sortent.*)

SCÈNE III

La scène représente l'intérieur de la tente de Brutus.

BRUTUS *et* CASSIUS *entrent seuls.*

CASSIUS

Que vous m'avez outragé, en voici la preuve : vous avez condamné et mulcté Lucius

Pella pour avoir ici pris des Sardiens des présents illicites ; en quoi ma lettre où j'intercédais pour cet homme que je connaissais, a été méprisée.

BRUTUS

Vous vous faisiez outrage à vous-même en m'écrivant dans une pareille cause.

CASSIUS

Dans le temps où nous sommes, il n'est pas à propos de trop scruter chaque faute légère.

BRUTUS

Mais vous, Cassius, vous-même, souffrez que je vous le dise : vous êtes très condamnable d'avoir une main avide, de trafiquer vos emplois, et de les vendre pour de l'or à des hommes sans mérite.

CASSIUS

Une main avide, moi ? En me tenant ce discours, vous savez bien que vous êtes Brutus ; ou, par les dieux, ce discours eût été votre dernier...

BRUTUS

La corruption s'honore du nom de Cassius ; voilà pourquoi le châtiment n'ose montrer sa tête.

CASSIUS

Le châtiment !

BRUTUS

Souviens-toi du jour de mars, des ides de mars, souviens-t'en. Le sang du grand César ne coula-t-il pas pour la justice? Quel scélérat eût attenté à sa personne, l'eût poignardé, si ce n'eût pas été pour la justice? Quoi! nous, qui frappâmes le premier homme de cet univers pour avoir seulement protégé des brigands; quoi! un de nous souillera aujourd'hui ses doigts de présents infâmes? Vendrons-nous le champ immense de notre gloire pour autant de vile matière qu'en peut embrasser cette main? J'aimerais mieux être l'animal qui la nuit par envie aboie contre les rayons de la lumière, que d'être un pareil Romain.

CASSIUS

Brutus, ne m'insulte point par envie; je ne l'endurerai pas. Tu t'oublies toi-même en voulant ici circonscrire ma conduite. Je suis un soldat, moi, plus ancien dans le métier, plus capable que toi de raisonner mon choix.

BRUTUS

Va, tu n'es point Cassius.

CASSIUS

Je le suis.

BRUTUS

Non, te dis-je, tu ne l'es plus.

CASSIUS

Ne m'irrite pas davantage; je m'oublierai moi-même. Songe à ta sûreté. Ne me provoque plus,

BRUTUS

Loin de moi, homme futile!

CASSIUS, *en fureur.*

Est-il possible!

BRUTUS

Ecoute-moi, car je prétends parler. Suis-je obligé de laisser un libre cours à ta colère forcenée? Serai-je épouvanté d'un frénétique qui s'agite?

CASSIUS

O dieux! vous, dieux! Et cela encore! Faut-il que je l'endure?

BRUTUS

Oui, tout cela, et plus encore. Frémis dans ton cœur jusqu'à ce que ton cœur vain se brise; va faire voir à tes esclaves à quel point tu es colère, et fais trembler leurs âmes serviles. Vais-je reculer, t'observer d'un œil inquiet? Vais-je m'humilier en silence devant ta bizarre humeur? Par les dieux, tu dévoreras tout le fiel de ta bile amère, dût-elle te suffoquer; car de ce jour, je veux me faire un passe-temps, oui, un amusement, de tes puériles fureurs.

CASSIUS

Quoi, tu en viens à cet excès!

BRUTUS

Vous dites que vous êtes un meilleur soldat, faites-le voir; justifiez votre bravade, et ce sera un plaisir pour moi. Pour moi-même, je serai bien aise de prendre des leçons de maîtres illustres et fameux.

CASSIUS

Tu me fais injure sur injure; tu me fais injure, Brutus! J'ai dit un plus ancien, et non un meilleur soldat. Ai-je dit meilleur?

BRUTUS

Si tu l'as dit, je dédaigne de m'en souvenir.

CASSIUS

César, lorsqu'il vivait, n'eût pas osé m'irriter à ce point.

BRUTUS

Va, tais-toi; tu n'eusses pas osé le provoquer ainsi.

CASSIUS

Je n'eusse pas osé...

BRUTUS, *l'interrompant.*

Non.

CASSIUS

Quoi, pas osé le provoquer?

BRUTUS

Non, sur ta vie, tu ne l'eusses pas osé.

CASSIUS

Ne présume pas trop de mon amitié. Je pourrais faire... ce qu'après je me repentirais d'avoir fait

BRUTUS

Tu l'as fait, ce dont tu devrais te repentir. Cassius, tes menaces n'inspirent point de terreur : l'honnêteté me couvre d'une armure impénétrable ; elles glissent sur moi comme le vain souffle du vent que je ne remarque pas. — Je t'ai envoyé demander quelques sommes d'or, que tu m'as refusées ; car moi je ne puis me procurer d'argent par des moyens vils. Par le ciel, j'aimerais mieux monnayer mon cœur, et livrer mon sang goutte à goutte pour en fabriquer des drachmes, que d'extorquer de la main durcie des laboureurs leur chétive obole, par aucunes voies illégitimes. Pour payer mes légions, je t'ai envoyé demander de l'or que tu m'as refusé. Cette action était-elle de Cassius? Aurais-je répondu ainsi à la demande de Cassius? Quand Marcus Brutus deviendra assez sordide pour enfermer loin de la main de ses amis ces misérables morceaux de métal, soyez prêts, vous, dieux, avec tous vos foudres, à le réduire en cendres.

CASSIUS

Je ne t'ai point refusé.

BRUTUS

Tu l'as fait.

CASSIUS

Je ne l'ai pas fait. — C'était un messager stupide, celui qui te rendit ma réponse. — Brutus a déchiré mon cœur. Un ami devrait supporter les faiblesses de son ami; mais Brutus aggrave les miennes.

BRUTUS

Je ne les aggrave point; je les vois quand j'en ressens l'effet.

CASSIUS

Tu ne m'aimes point.

BRUTUS

Je n'aime point tes fautes.

CASSIUS

De pareiles fautes, l'œil d'un ami ne les verrait jamais.

BRUTUS

L'œil d'un flatteur ne voudrait pas les voir, parussent-elles comme d'énormes montagnes.

CASSIUS

Viens, Antoine; jeune Octave, viens. Vengez-vous sur Cassius seul; Cassius est las du monde, haï d'un homme qu'il aime, insulté par son frère, maltraité comme un esclave; toutes ses fautes remarquées, enregistrées, classées dans la mémoire pour lui être reprochées en face. Oh! je pourrais pleurer jusqu'à fondre en pleurs tout mon courage. (*Il tire son poignard et le présente à Brutus.*) Tiens, voilà mon poignard et voici mon sein nu; et dedans est un cœur plus précieux que l'or, plus riche que toutes les mines de la terre. Si tu as encore besoin du cœur d'un Romain, prends-le: moi qui te refusai de l'or, je t'offre mon cœur; frappe comme tu frappas César: car lors même que tu l'as le plus haï, je sais que tu l'aimais plus encore que tu n'aimas jamais Cassius.

BRUTUS

Renferme ton poignard: exhale à ton gré ta fureur; elle aura pleine carrière; fais ce que tu voudras: la honte dont tu te couvres sera un objet ridicule. O Cassius! tu es attaché au même joug avec un homme sans fiel: la colère est dans ton sein comme le feu dans le caillou, qui frappé avec force fait jaillir une vive étincelle, et à l'instant redevient froid.

CASSIUS

Cassius n'a-t-il vécu que pour servir de passe-temps, d'amusement à son Brutus, lorsqu'il est mal disposé et vexé par une humeur chagrine?

BRUTUS, *avec affection.*

Quand j'ai parlé ainsi, j'étais mal disposé moi-même.

CASSIUS, *avec transport.*

Tu vas jusqu'à faire cet aveu! Donne-moi ta main.

(Ils s'embrassent.)

BRUTUS

Et aussi mon cœur.

CASSIUS, *avec tendresse.*

O Brutus!

BRUTUS.

Eh bien! que veux-tu dire?

CASSIUS

N'as-tu pas assez de tendresse pour supporter ton ami, quand cette humeur fougueuse, que je tiens de ma mère, me porte à m'oublier ainsi.

BRUTUS

Oui, Cassius; et désormais s'il t'arrive de t'emporter contre ton Brutus, il croira que c'est l'humeur maternelle qui fermente dans ton sang; et il te laissera alors.

(On entend du bruit au dehors, et la voix d'un homme qui s'écrie :

Je veux pénétrer jusqu'aux généraux; il y a de la discorde entre eux; il n'est pas prudent de les laisser seuls.

LUCIUS

Tu ne passeras point jusqu'à eux.

UN VIEILLARD *entre dans la tente.*

Rien ne peut m'arrêter que la mort.

CASSIUS

Qu'y a-t-il ? Quel dessein t'amène?

LE VIEILLARD

Au nom de la honte, vous, généraux, que prétendez-vous ? Aimez-vous, soyez amis comme doivent l'être deux hommes tels que vous ; car il est sûr que j'ai vu plus d'années que vous.

CASSIUS

Entends-tu ce cynique ?

BRUTUS

Sors, importun ; homme audacieux, sors d'ici.

CASSIUS

Souffre-le, Brutus ; c'est sa manière.

BRUTUS

Je me prêterai à son humeur, quand il choisira mieux son temps. Qu'ont de commun avec les guerres ces sophistes frivoles? — Sors.

CASSIUS

Pars, pars, disparais.

(Le vieillard sort.)

SCÈNE IV

LUCILIUS et TITINIUS *paraissent à l'entrée de la tente.*

BRUTUS

Lucilius et Titinius, commandez aux chefs de préparer le logement de leurs troupes pour cette nuit.

CASSIUS

Vous deux, revenez aussitôt, et amenez ici Messala.

(Lucilius et Titinius sortent.)

BRUTUS, *appelant.*

Lucius, apporte une coupe de vin.

CASSIUS

Je n'aurais pas cru que tu fusses capable de tant de colère.

BRUTUS

O Cassius, je souffre de plusieurs chagrins ensemble.

CASSIUS

Tu ne fais pas usage de ta philosophie, si tu laisses ton âme ouverte aux maux accidentels.

BRUTUS

Nul homme ne supporte mieux la douleur. Porcia est morte.

CASSIUS, *frappé d'étonnement.*

Quoi! Porcia?...

BRUTUS

Elle est morte.

CASSIUS

Et tu ne m'as pas tué, quand je t'ai chagriné ainsi! O perte sensible, insupportable! — De quel mal?

BRUTUS

De n'avoir pu supporter mon absence; de la douleur de voir Antoine et le jeune Octave si rapidement agrandis; car j'ai reçu cette nouvelle avec celle de sa mort. Sa raison en fut aliénée; ses suivantes l'ayant laissée seule, elle (5) avala des charbons ardents.

CASSIUS

Et elle mourut ainsi?

BRUTUS

Oui, ainsi.

CASSIUS

O vous, dieux immortels!

(*Lucius entre, tenant une coupe et des flambeaux*).

BRUTUS

Ne me parle plus d'elle. — (*A Lucius.*)

Donne-moi cette coupe de vin. — Cassius, ici j'ensevelis tout sentiment d'aigreur. (*Il boit la coupe.*)

CASSIUS

Mon cœur altéré brûle de répondre à ce généreux défi. Verse, Lucius, jusqu'à ce que le vin en surmonte les bords : je ne puis trop boire dans la coupe pleine de l'amitié de Brutus.

SCÈNE V

TITINIUS et MESSALA *paraissent.*

BRUTUS

Entre, Titinius. — Et toi, sois le bienvenu, brave Messala. — Maintenant prenons place, serrons-nous autour de ce flambeau, et délibérons sur toutes les nécessités de notre position.

CASSIUS *rêvant en lui-même.*

O Porcia, tu n'es donc plus!

BRUTUS

Cesse, je t'en conjure. — (*Ils s'asseyent tous*). Messala, ces lettres que j'ai reçues m'apprennent que le jeune Octave et Marc-Antoine viennent fondre sur nous avec une puissante armée, et dirigent leur marche sur Philippes.

MESSALA

J'ai aussi des lettres qui l'annoncent.

BRUTUS

Avec quelles circonstances de plus?

MESSALA

Que par le ban et la proscription, Octave, Antoine et Lépidus ont fait périr cent sénateurs.

BRUTUS

En cela nos lettres diffèrent un peu. Les miennes ne parlent que de soixante-dix sénateurs proscrits par eux, et morts; Cicéron en est un.

CASSIUS

Cicéron en est?...

MESSALA

Cicéron est mort, et par la suite de cette proscription. — Brutus, avez-vous reçu des lettres de votre femme?

BRUTUS

Non, Messala.

MESSALA

Et dans vos lettres, ne vous dit-on rien d'elle?

BRUTUS

Rien, Messala.

MESSALA

Cela me paraît étrange.

BRUTUS

Pourquoi ta question? Te parle-t-on d'elle dans les tiennes?

MESSALA

Non, seigneur.

BRUTUS

Comme tu es Romain, dis-moi la vérité.

MESSALA

Supportez donc en Romain la vérité que je vais dire. Il est certain qu'elle est morte, et d'une manière étrange.

(*Brutus laisse tomber sa tête, et demeure recueilli quelque temps, les yeux fermés.*)

BRUTUS

Ainsi, adieu, Porcia. — Il nous faut mourir, Messala : c'est en réfléchissant qu'elle devait mourir un jour, que j'ai acquis la force de soutenir aujourd'hui sa mort.

MESSALA

Voilà comme les grands hommes doivent porter les grandes pertes.

CASSIUS

L'étude m'en a autant appris là-dessus

qu'à toi, et cependant la nature en moi ne pourrait jamais être aussi patiente.

BRUTUS

Allons, à notre tâche qui est vivante. — Que pensez-vous du projet de marcher à l'instant vers Philippes ?

CASSIUS

Je ne le crois pas bon.

BRUTUS

Ta raison ?

CASSIUS

La voici. Il vaut mieux que l'ennemi nous cherche : il consumera ainsi ses ressources, fatiguera ses soldats, et se minera lui-même, tandis que nous, dans le repos, nous resterons entiers, pleins de vigueur et d'activité.

BRUTUS

De bonnes raisons doivent nécessairement céder à de meilleures. Les peuples qui sont entre Philippes et ce camp ne sont contenus que par une affection forcée ; car ils nous ont payé à regret leur contribution. L'ennemi en traversant leur pays, complètera chez eux ses troupes ; il s'avancera rafraîchi, recruté et plein d'un nouveau courage ; autant d'avantages que nous lui enlevons si nous marchons à Philippes et lui faisons tête, tenant ces peuples sur nos derrières.

CASSIUS

Mon frère, écoute-moi...

BRUTUS

Permets que je poursuive. — Il faut que tu remarques encore que nous avons tiré de nos amis les dernières ressources : nos légions sont complètes; notre cause est à son point de maturité: de jour en jour l'ennemi se fortifie, tandis que nous, montés à notre plus haut période, nous sommes prêts à décliner. Il est dans les affaires des hommes une marée qui prise à son heure les conduit à la fortune : s'ils manquent le moment, tout le voyage de leur vie tourne misérablement dans les écueils et la détresse. En ce momenl nous sommes à flot sur une mer pleine : il nous faut profiter du courant tandis qu'il nous sert, ou perdre notre armement et nos espérances.

CASSIUS

Eh bien, tu veux marcher, marche : nous, nous voulons te suivre, et les joindre à Philippes.

BRUTUS

L'ombre de la nuit s'est épaissie sur le cours de notre entretien : il faut que la nature obéisse à une loi nécessaire: nous l'apaiserons un peu par quelques moments de repos. Il ne reste rien de plus à dire.

CASSIUS

Rien de plus. Bonne nuit. Demain de grand

matin, nous serons prêts et en marche.

(*Lucius entre.*)

BRUTUS

Lucius, apporte-moi ma robe. — Adieu, digne Messala; — bonne nuit, Titinius. — Noble, noble Cassius, nuit heureuse et bon repos!

CASSIUS

O mon tendre frère, elle a bien mal commencé, cette nuit! Que jamais semblable discorde ne s'élève entre nos âmes! Ne le permets pas, Brutus.

BRUTUS, *affectueusement.*

Va, tout est bien.

(*Lucius rentre, apportant la robe de Brutus.*)

TITINIUS et MESSALA

Salut et repos, Brutus.

BRUTUS

Adieu, tous. (*Cassius, Titinius et Messala se retirent.*)

(*Brutus s'adressant à Lucius.*)

Donne-moi cette robe. Où est ta harpe?

LUCIUS

Ici, dans la tente.

BRUTUS

Tu réponds d'une voix assoupie? Pauvre

serviteur, je ne t'en fais point un reproche, tu es harassé de veilles. Appelle Claudius, et quelque autre de mes suivants. Je veux les avoir près de moi ; ils dormiront sur des coussins dans ma tente.

LUCIUS *appelant.*

Varron, Claudius !

SCÈNE VI

VARRON et CLAUDIUS *se présentent.*

VARRON

Appelez-vous, seigneur ?

BRUTUS

Je vous prie, mes amis, couchez et dormez dans ma tente : il pourra arriver que je vous réveille bientôt, pour quelque message vers mon frère Cassius.

VARRON

Permettez-nous de rester debout, seigneur, et de veiller en attendant vos ordres.

BRUTUS

Non, je ne veux pas que vous veilliez ; couchez-vous, mes amis. Il pourra arriver aussi que je change de pensée. — Vois, Lucius ; voici le livre que j'ai tant cherché ; je l'avais mis dans la poche de ma robe.

LUCIUS

J'étais bien sûr que vous ne me l'aviez pas donné, seigneur.

BRUTUS

J'ai bien peu de mémoire : bon serviteur, excuse-moi. — Peux-tu tenir ouverts un moment tes yeux appesantis et jouer quelques airs sur ton instrument ?

LUCIUS

Oui, seigneur, si cela vous fait plaisir.

BRUTUS

Cela m'en fera, mon ami. Je te fatigue trop, mais tu as bonne volonté.

LUCIUS

C'est mon devoir, seigneur.

BRUTUS

Je ne devrais pas étendre tes devoirs au delà de tes forces. Je sais que la jeunesse a besoin de sa mesure de sommeil.

LUCIUS

Seigneur, j'ai déjà dormi.

BRUTUS

Tu as bien fait, et tu dormiras encore. Je ne veux pas te retenir longtemps. (*Lucius prend son instrument.*) — Si je vis, je serai un bon maître pour toi. (*Lucius chante un air mélancolique et s'accompagne.*) Ce chant est d'un homme assoupi. — (*Lucius insensiblement laisse tomber sa tête et s'endort.*) O sommeil homicide! tu appesantis donc ta massue de plomb sur mon serviteur qui jouait cet air. — Honnête esclave, dors bien ; je ne veux pas te faire le tort de t'éveiller. Si tu vacilles, tu vas briser ton instrument : je veux le sauver de tes mains (*il l'ôte*); et dors tranquille, bon serviteur. — (*Il s'approche d'une table sur laquelle est son livre.*) Mais voyons. — N'ai-je pas plié le feuillet en quittant ma lecture? C'est ici, je crois.

SCÈNE VII

BRUTUS *s'assied et lit. Les trois serviteurs sont endormis dans la tente. Le flambeau qui brûle s'obscurcit par degrés. Tout à coup le devant de la tente se lève. L'ombre de* JULES CÉSAR *paraît. Il est couvert de son manteau sanglant : il s'arrête à l'entrée de la tente, et le bras étendu, il dirige un doigt vers la terre.*

BRUTUS

Que la lueur de ce flambeau devient sombre! — (*Il lève les yeux et aperçoit le spectre.*) Ah! qui paraît ici? Sans doute c'est ma vue affaiblie qui crée cette horrible vision! (*Le spectre fait un pas vers Brutus.*) Il s'avance sur moi! — (*Brutus se lève, et, dans son saisissement il laisse tomber son livre.*) Es-tu quelque chose? Es-tu dieu? Es-tu génie ou démon, toi qui glaces mon sang et fais dresser mes cheveux? Parle-moi. Qu'es-tu?

LE SPECTRE

Ton mauvais génie, Brutus.

BRUTUS

Que me veux-tu?

LE SPECTRE

Te dire que tu me verras à Philppes.

BRUTUS

Je te reverrai donc encore?

LE SPECTRE, *d'une voix tonnante.*

Oui, à Philippes.

BRUTUS

Eh bien, je te reverrai donc à Philippes. (*Le spectre disparaît. Brutus frémit encore.*) Quand je retrouvais mon courage, tu t'évanouis, fatal esprit; je voudrais t'avoir parlé plus longtemps. (*Il appelle d'une voix épouvantée.*) Esclave, Lucius, Varron! Claudius! Amis! Eveillez-vous! Claudius!

LUCIUS *se réveillant avec l'idée sur laquelle il s'est endormi.*

La harpe, seigneur, la harpe n'est pas d'accord.

BRUTUS

Il croit l'avoir encore dans ses mains. Lucius, réveille-toi.

LUCIUS *se levant.*

Seigneur ?

BRUTUS, *toujours dans le trouble.*

Était-ce un songe, Lucius, qui t'a fait pousser ce cri ?

LUCIUS

Seigneur, je n'ai pas d'idée d'avoir crié.

BRUTUS

Oui, tu as poussé un cri. — As-tu vu quelque objet ?

LUCIUS

Aucun, seigneur.

BRUTUS

Rendors-toi, Lucius. — Allons, Claudius, amis ! Varron ! éveillez-vous !

VARRON et CLAUDIUS, *l'un après l'autre.*

Seigneur ! seigneur !

BRUTUS

Pourquoi donc ces cris que vous avez jetés tous deux dans votre sommeil ?

TOUS DEUX

Nous, seigneur ?

BRUTUS

Oui, vous. Avez-vous eu quelque vision?

VARRON

Non, seigneur, je n'ai rien vu.

CLAUDIUS

Ni moi, seigneur.

BRUTUS

Allez; saluez Cassius de ma part; dites-lui que de bonne heure il mette ses troupes en marche et nous précède; nous le suivrons.

TOUS DEUX

Vous serez obéi, seigneur.

(Ils sortent : la tente se ferme.)

ACTE CINQUIÈME

SCÈNE I

La scène représente les champs de Philippes, avec les tentes avancées des deux armées; elles sont séparées par une plaine; à l'entrée de cette plaine est l'armée de Brutus. L'armée d'Antoine et d'Octave campe à mi-côte sur le penchant de la montagne opposée.

ANTOINE et OCTAVE *se présentent avec un gros de soldats.*

OCTAVE

Aujourd'hui, Antoine, voilà nos espérances confirmées. Vous disiez que l'ennemi ne descendrait point en plaine, mais qu'il tiendrait les hauteurs et la chaîne des montagnes. L'événement est contraire; voici les ennemis à notre vue. Ils prétendent nous donner l'alarme dans ces champs de Philippes, et nous présentent le défi, sans attendre notre menace.

ANTOINE, *avec dédain.*

Allez, je suis dans leur âme, et je vois leur but. Ils consentiraient volontiers à se voir en d'autres lieux. Par cette bravade qui masque leur peur, ils descendent en plaine, et croient, avec cette montre, s'établir dans notre esprit une réputation de courage; mais ce courage ils ne l'ont point.

(Un officier paraît.)

L'OFFICIER

Soyez prêts, généraux. L'ennemi vient en belle ordonnance : l'enseigne sanglante de la bataille paraît dans l'air ; il faut, à l'instant, faire quelque disposition.

ANTOINE

Octave, menez au pas votre armée sur la gauche de la plaine.

OCTAVE

Je tiens la droite, moi ; prenez vous-même la gauche.

ANTOINE

Pourquoi me croisez-vous dans ce moment de crise ?

OCTAVE

Je ne vous croise point ; mais je veux que cela soit.

SCÈNE II

On entend des marches. BRUTUS *et* CASSIUS *s'avancent de l'autre côté du champ à la tête des soldats.*

BRUTUS, *à son parti.*

Ils s'arrêtent et semblent demander un pourparler

CASSIUS

Fais halte, Titinius : nous sortons des lignes, pour conférer avec eux.

OCTAVE, *de l'autre côté.*

Marc-Antoine, donnerons-nous le signal du combat?

ANTOINE

Non, César; nous répondrons à leur attaque. Avancez : les généraux veulent s'aboucher un moment ensemble.

OCTAVE, *aux siens.*

Ne vous ébranlez point jusqu'au signal.

(*Les quatre généraux s'avancent entre leurs armées. Brutus s'adresse le premier aux ennemis.*)

BRUTUS

Les paroles avant les coups : n'est-il pas vrai, compatriotes?

OCTAVE

Il n'est pas vrai pour nous, que nous préférions les paroles, comme il l'est pour vous.

BRUTUS

De douces paroles, Octave, valent mieux que des coups cruels.

OCTAVE

Tes douces paroles, Brutus, tu les accompagnes de coups cruels, témoin la plaie que tu ouvris dans le cœur de César, en t'écriant : « Salut et longue vie à César! »

CASSIUS

Antoine, ton attitude pour porter des coups est encore inconnue.

BRUTUS

Tu as la sage prudence de menacer, avant d'enfoncer le dard.

ANTOINE

Traîtres! vous n'en fîtes pas de même, quand vos lâches poignards s'entrechoquèrent l'un l'autre dans les flancs de César. Vous lui souriiez, comme des tigres. Prosternés en esclaves, rampants comme des dogues serviles, vous baisiez les pieds de César; tandis que l'infâme Casca, venant par derrière comme un serpent, perça le cou de César. O flatteurs!

CASSIUS, *indigné.*

Flatteurs! Rends-toi grâces, Brutus : (*Montrant Antoine*) cette langue n'eût pas fait cet outrage aujourd'hui si Cassius avait été le maître.

OCTAVE

Allons, au but. Si ce débat couvre nos fronts de sueur, la preuve qui va le décider la changera en sueur de sang. Voyez, (*Mettant l'épée à la main.*) je tire cette épée contre les conspirateurs. Quand pensez-vous que cette épée rentrera dans le fourreau? Jamais, jusqu'à ce que les vingt-trois blessures de César soient pleinement vengées; ou que le meurtre d'un second César ait encore rougi le poignard des traîtres.

BRUTUS

César, à moins que tu ne les amènes avec toi, tu n'as point à craindre de mourir sous le bras des traîtres.

OCTAVE

C'est mon espoir; je ne suis pas né pour mourir sous le poignard de Brutus.

BRUTUS

Oh! fusses-tu le plus noble de ta race, jeune homme, tu ne pourrais périr d'une main plus honorable.

CASSIUS

Il est indigne d'un tel honneur, un enfant pervers sortant des écoles, compagnon d'un farceur et d'un débauché.

ANTOINE, *avec une ironie méprisante.*

Toujours le vieux Cassius.

OCTAVE

Venez, Antoine, loin d'eux! — Défi à vous, traîtres, nous vous le jetons au front. Si vous osez combattre aujourd'hui, venez en plaine; sinon, quand vous aurez du cœur.

(Octave et Antoine se retirent vers leur armée.)

SCÈNE III

BRUTUS et CASSIUS *demeurent avec leurs guerriers.*

CASSIUS

Allons, vents, soufflez maintenant ; vagues, enflez-vous ; et flotte à leur gré, toi nef de nos destins ! La tempête est lancée, et tout est à la merci du hasard.

(*Lucilius et Messala se tiennent écartés ; Brutus fait un signe à Lucilius.*)

BRUTUS

Lucilius, écoute ; un mot à l'écart.

LUCILIUS

Seigneur.

(*Brutus s'éloigne avec lui.*)

CASSIUS

Messala.

MESSALA

Que veut mon général ?

CASSIUS

Messala, ce jour fut celui de ma naissance ; oui, ce même jour vit naître Cassius, donne-moi ta main, Messala ; sois moi témoin que c'est malgré moi que je suis forcé, comme le fut Pompée, de confier au hasard d'une bataille tout le dépôt de notre liberté. Tu sais combien je fus attaché à Epicure et à ses principes : aujourd'hui mon âme est changée ; et j'ajoute quelque foi aux signes qui présagent l'avenir. Dans notre marche depuis Sardis, deux puissants aigles se sont abattus sur notre enseigne avancée ; ils s'y sont posés, et là prenant leur pâture de la main de nos soldats, ils nous ont accompagnés jusqu'à ces champs de Philippes ; ce matin ils ont pris leur vol et ont disparu ; à leur place une nuée de voraces corbeaux et de vautours planent sur nos têtes, et du haut des airs ils plongent la vue sur nous, comme une proie déjà dévouée. Leur ombre vaste semble un dais fatal sous lequel gît notre armée, comme un cadavre expirant.

MESSALA

Ne croyez point à tout cela.

CASSIUS

Je n'y crois qu'avec réserve ; car je me sens plein d'ardeur et déterminé à m'offrir à tous les périls avec constance.

BRUTUS, *se rapprochant.*

Oui, souviens-t'en, Lucilius.

CASSIUS, *affectant un front serein.*

Eh bien, noble Brutus, les dieux nous aiment aujourd'hui : ils veulent que nous puissions ensemble, nous aimant en paix, conduire nos jours jusqu'à la vieillesse ; mais puisqu'il reste toujours de l'incertitude dans les choses humaines, mettons en fait ce qui peut arriver de plus funeste. Si nous perdons cette bataille, c'est ici le dernier instant, le dernier où nous converserons ensemble. Qu'as-tu résolu de faire alors?

BRUTUS

De me régler sur cette philosophie qui me fit blâmer Caton pour s'être donné la mort lui-même : je ne sais pourquoi, mais je trouve qu'il est lâche et vil d'abréger ainsi le cours de la vie, par la crainte des maux qui peuvent arriver : de m'armer de patience, pour attendre les volontés de quelques puissances suprêmes qui nous gouvernent ici-bas.

CASSIUS

Ainsi, Brutus, si nous perdons cette bataille, tu consens donc à être conduit en triomphe à travers les rues de Rome?

BRUTUS

Non, Cassius, non. Toi, noble Romain, ne crois pas que jamais Brutus veuille entrer enchaîné dans Rome; il porte un cœur trop grand. Il faut que ce jour même consomme l'ouvrage que les ides de mars ont commencé: et si nous devons nous revoir encore, je n'en sais rien. Acceptons donc l'un de l'autre notre éternel adieu. Pour jamais, pour jamais adieu, Cassius. Si nous nous revoyons, eh bien! nous nous sourirons de joie : sinon, eh bien! cet adieu était à sa place.

CASSIUS

Pour jamais, pour jamais adieu, Brutus. Oui, nous nous sourirons, si nous nous revoyons encore : sinon, tu as dis bien vrai, cet adieu était à sa place.

BRUTUS

Allons, marchons. Oh! que l'homme pût connaître la fin des événements de ce jour, avant qu'elle arrive! mais il suffit que le jour doive finir, et alors la fin en sera connue. Soldats, marchons en avant.

(Ils sortent avec leurs légions.)

SCÈNE IV

Tous les instruments de guerre se font entendre. La mêlée commence au loin. Les aigles romaines paraissent élevées de tous côtés. Le bruit du combat redouble : divers partis poussent et sont poussés.

BRUTUS *paraît dans le fond, l'épée à la main;* MESSALA *arrive d'un autre côté.*

BRUTUS, *vivement.*

A cheval, à cheval, Messala : cours, remets ces billets aux légions de l'autre aile. (*On entend sonner une vive alarme.*) Qu'elles donnent à la fois; car je vois dans l'aile d'Octave du flottement et de la langueur; un brusque choc va l'enfoncer. A cheval, vole, Messala : qu'elles fondent toutes ensemble. (*Ils sortent de différents côtés.*)

(Une autre alarme. Cassius arrive d'un autre côté de la plaine, tenant d'une main son épée, et de l'autre une enseigne. Titinius le suit.)

CASSIUS, *transporté de colère.*

Oh! regarde, Titinius, regarde; les traîtres fuient; mes propres soldats ont fait de moi leur ennemi. Cette enseigne que voilà, je l'ai vue tourner en arrière; j'ai tué le lâche et l'ai reprise de sa main.

TITINIUS

O Cassius ! Brutus a donné trop tôt le signal. Séduit par un faible avantage qu'il avait sur Octave, il s'y abandonne avec trop d'ardeur : ses soldats se sont livrés au pillage, tandis qu'Antoine nous enveloppait tous.

PINDARUS, *accourant.*

Fuyez plus loin, seigneur, fuyez plus loin. Marc-Antoine est dans vos tentes. Fuyez donc, seigneur; noble Cassius, fuyez au loin.

CASSIUS

Cette colline est assez loin. (*On aperçoit une flamme qui s'élève.*) Vois, vois, Titinius : sont-ce mes tentes où j'aperçois cette flamme ?

TITINIUS

Ce sont elles, seigneur.

CASSIUS

Titinius, si tu m'aimes, monte mon cheval, cache tes éperons dans ses flancs, tant qu'il t'ait porté à ces troupes là bas, et de là ici : que je puisse être assuré si ces troupes sont amies ou ennemies.

TITINIUS

Je revole ici dans l'espace d'une pensée.
(*Il part.*)

CASSIUS

Toi, Pindarus, monte plus haut vers ce sommet; ma vue fut toujours trouble; suis de l'œil Titinius, et dis-moi ce que tu remarques sur le champ de bataille. (*Pindarus monte sur la montagne.*) Ce jour fut le premier où je respirai : le temps a décrit le cercle, et je finirai au point où j'ai commencé; le cours de ma vie est révolu. — (*Elevant la voix vers Pindarus.*) Eh bien, quelles nouvelles?

PINDARUS *sur la hauteur, avec un cri douloureux.*

O seigneur!

CASSIUS, *avec impatience.*

Quelles nouvelles?

PINDARUS

Voilà Titinius investi par un gros de cavalerie, qui le poursuit à toute bride... Cependant il galope encore... Les voilà prêts à l'atteindre... Titinius!... Maintenant, quelques hommes mettent pied à terre... Oh! il met pied à terre aussi... Il est pris!... Oh! écoutez; ils poussent un cri de joie.

(*On entend des cris lointains.*)

CASSIUS

Descends, n'en vois pas davantage. — O lâche que je suis, de vivre assez longtemps pour voir mon fidèle ami pris sous mes yeux! — (*Pindarus se rapproche.*) — Viens ici, esclave. Je t'ai fait prisonnier chez les Parthes, et en conservant ta vie, je te fis jurer, que quelque chose que je puisse te commander, tu l'entreprendrais; maintenant, remplis ton serment. De ce moment, sois libre, et avec cette fidèle épée qui se plongea dans les flancs de César, cherche ici mon cœur. Ne t'arrête point à me répliquer; obéis, prends cette poignée, et dès que j'aurai couvert mon visage... il l'est; guide le fer toi-même. — (*Cassius s'est voilé le visage; il appuie sur son cœur la pointe de l'épée que tient Pindarus.*) César, tu es vengé avec la même épée qui te tua.

(*Il se précipite sur l'épée et meurt.*)

PINDARUS

Me voià donc libre! Si j'avais osé suivre ma volonté, je n'eusse pas voulu le devenir ainsi! O Cassius! Pindarus fuira si loin de ces contrées, que jamais Romain ne le remarquera sur son nom.

(*Il sort.*)

SCÈNE V

TITINIUS et MESSALA *arrivent auprès du lieu où Cassius est étendu. Le soleil baisse vers le couchant.*

MESSALA

Titinius, ce n'est qu'un échange de succès, rien de plus; car Octave est renversé par l'effort du noble Brutus, comme les légions de Cassius le sont par Antoine.

TITINIUS

Ces nouvelles vont bien consoler Cassius.

MESSALA

Où l'avez-vous laissé?

TITINIUS

Tout désespéré, avec son esclave Pindarus, ici, sur cette montagne.

MESSALA

N'est-ce point lui qui repose là sur l'herbe?

TITINIUS

Il ne repose point comme un homme vivant. (*Il s'avance en frissonnant.*) O mon cœur!

MESSALA, *le suivant.*

N'est-ce pas lui?

TITINIUS, *avec un cri de douleur.*

Non, ce fut lui, Messala, Cassius n'est plus! O soleil, qui déclines et te plonges dans la nuit entouré de rayons pleins de sang! Ainsi dans son sang s'est éteint Cassius! Le soleil de Rome est éclipsé. Notre jour de gloire est fini; succèdent les ombres, les orages et les dangers, nos grandes actions sont faites. Voilà ce qu'a produit une fausse conjecture sur mon sort.

MESSALA

Une fausse conjecture sur le sort du combat. O détestable erreur? fille de la mélancolie, pourquoi montres-tu à la vive imagination des hommes des objets qui n'existent pas? O erreur sitôt conçue dans leur sein, jamais ta naissance ne fut heureuse; tu donnes la mort à la mère qui t'engendra.

TITINIUS, *appelant.*

Holà! Pindarus! Pindarus, où es-tu?

MESSALA

Cherche-le, Titinius, tandis que je vais au devant du noble Brutus foudroyer son oreille de cette nouvelle. Je puis bien dire foudroyer; car l'acier tranchant et les flèches empoisonnées porteraient un coup moins sensible au cœur de Brutus que le récit de ce spectacle.

TITINIUS

Hâtez-vous, Messala, et moi, je reste pour chercher ici Pindarus. (*Messala sort. — Titinius se penche sur le corps de Cassius.*) Pourquoi m'envoies-tu loin de toi, brave Cassius? N'ai-je pas trouvé tes amis? N'ont-ils pas mis sur mon front ce laurier de la victoire, m'ordonnant d'en ceindre le tien? N'as-tu pas entendu leurs acclamations? Hélas! tu as tout interprété sinistrement. Mais attends, (*il place la couronne sur son front.*) reçois cette guirlande sur ta tête! Ton Brutus me recommanda de te la donner; je veux accomplir son ordre. — Viens, approche, Brutus, et vois à quel point j'honorais Cassius! — (*Il se relève.*) Permettez-moi, grands dieux! Voici le rôle d'un Romain. Epée de Cassius, ne te trompe pas; voilà le cœur de Titinius. —

(*Il se perce et tombe.*)

SCÈNE VI

Une nouvelle alarme se fait entendre.

BRUTUS *parait avec* MESSALA *et le jeune* CATON. STRATON, VOLUMNIUS, LUCILIUS *et d'autres officiers les suivent.*

BRUTUS

Où est-il? où est-il? Où est son corps, Messala?

MESSALA

Là bas, là, et Titinius gémissant près de lui.

BRUTUS

Le visage de Titinius est tourné vers le ciel!

CATON, *s'approchant.*

Il est mort!

BRUTUS

O Jules César, tu es puissant encore! Ton ombre se promène sur la terre, et tourne nos épées contre nos propres entrailles.

(*La bataille est suspendue: cependant un bruit de combat se fait encore entendre au loin*).

CATON

Brave Titinius! Voyez, Cassius était mort, et il l'a couronné!

BRUTUS, *attendri.*

Est-il encore au monde deux Romains semblables à ceux-là? *(Il prend la main de Cassius et la presse contre son cœur.)* Toi, le dernier de tous les Romains, adieu, repose en paix. Il est impossible que jamais Rome enfante ton égal. *(Il se tourne vers les autres.)* Amis, je dois plus de larmes à cet homme mort, que vous ne me verrez lui en donner. J'en trouverai le temps, Cassius, j'en trouverai le temps! — Ainsi, venez tous, et faites porter ce corps à Thassos. Ses obsèques ne se feront point dans notre camp; elles décourageraient nos âmes. — Suis-moi, Lucilius; et viens, jeune Caton; rentrons au champ de bataille: Flavilius et Labeon, faites avancer nos lignes. La troisième heure finit: avant la nuit, Romains, nous tenterons encore la fortune dans un nouveau combat.

(Ils sortent tous.)

SCÈNE VII

La scène découvre le champ de bataille. La mêlée recommence, des alarmes se succèdent.

BRUTUS *reparaît avec* MESSALA, CATON, FLAVIUS *et* LUCILIUS

BRUTUS, *à haute voix et courant devant des soldats.*

Encore, oh! chargez encore, compatriotes; relevez vos têtes et chargez.

CATON

Quel cœur dégénéré le refusera ? Qui veut me suivre? Je veux proclamer mon nom dans la plaine. (*Il s'écrie.*) Je suis le fils de Marcus Caton, le fléau des tyrans, l'ami de ma patrie ; soldats, je suis le fils de Marcus Caton.

(*Des troupes de soldats paraissent et combattent.*)

BRUTUS, *aux soldats.*

Et moi je suis Brutus, Marcus Brutus, l'ami de mon pays. Connaissez-moi pour Brutus.

(*On le perd de vue; on voit le jeune Caton qui tombe tué en combattant.*)

LUCILIUS

O jeune et noble Caton, te voilà tombé! Tu meurs avec autant de gloire que Titinius; oui, tu mérites qu'on t'honore, mourant digne fils de Caton.

(*Des soldats fondent à l'improviste sur Lucilius; un deux lui appuie le fer sur la poitrine.*)

LE SOLDAT

Cède, ou tu meurs.

LUCILIUS

Je ne cède qu'à condition de mourir. Tiens, prends tout cet or pour me tuer à l'instant. (*Il lui présente de l'or.*) Tue Brutus, et deviens fameux par sa mort.

LE SOLDAT

Brutus ! Nous ne devons pas le tuer. Un illustre prisonnier !

UN SECOND SOLDAT

Place, place. Dites à Antoine que Brutus est pris.

(*Antoine paraît.*)

PREMIER SOLDAT

C'est moi qui dirai cette nouvelle au général : il vient. Brutus est pris ; Brutus est pris, seigneur !

ANTOINE, *avec empressement.*

Où est-il ?

LUCILIUS

En sûreté, Antoine ; Brutus est toujours en sûreté. Jamais, j'ose t'en répondre, jamais ennemi ne prendra vivant le noble Brutus. Les dieux le préservent de cette ignominie ! En quelque lieu que tu le trouves, vivant ou mort, tu le trouveras toujours Brutus, toujours lui-même.

ANTOINE, *au soldat.*

Ami, ce n'est point là Brutus ; mais ta prise, crois-moi, n'est pas moins intéressante ; gardez bien ce Romain, prodiguez-lui tous les égards. J'aimerais mieux avoir ses pareils pour mes amis que pour ennemis. Avancez, voyez si Brutus est mort ou s'il respire; et revenez à la tente d'Octave nous rendre compte des détails du combat.

(Antoine se retire. — Les soldats sortent.)

SCÈNE VIII

La scène représente une autre partie de la plaine. Au milieu est un rocher; la nuit tombe. BRUTUS *s'avance et monte tristement sur le rocher, suivi de* DARDANIUS, *de* CLITUS, *de* STRATON *et de* VOLUMNIUS. STRATON *tombe étendu sur le rocher, accablé de lassitude et de sommeil.*

BRUTUS

Venez, tristes restes de mes amis; reposez-vous sur ce rocher.

CLITUS

Statilius a montré au loin sa torche allumée; et cependant il ne revient point; il est captif ou mort.

(Brutus s'assied sur la pierre; il est plongé dans ses pensées, le coude appuyé sur ses genoux, et la tête sur ses mains.)

BRUTUS, *après quelque temps de silence.*

Assieds-toi là, Clitus. — Carnage est ici le cri et l'action en usage. Ecoute, Clitus.

(Il lui parle à l'oreille.)

CLITUS, *avec horreur.*

Quoi! moi, seigneur? Non, non, pour tout l'univers.

BRUTUS

Silence donc, point de paroles.

CLITUS

J'aimerais mieux me tuer moi-même.

BRUTUS

Dardanius, écoute.

(Il lui parle bas.)

DARDANIUS

Moi, commettre une pareille action!

CLITUS

Oh, Dardanius!

DARDANIUS

Oh, Clitus!

(Ils s'éloignent à quelques pas.)

CLITUS

Quelle funeste demande Brutus t'a-t-il faite?

DARDANIUS

De le tuer, Clitus. Regarde, le voilà qui médite.

(Brutus laisse échapper quelques pleurs.)

CLITUS

Maintenant cette grande âme est si pleine

de douleur, que sa douleur la surmonte et se répand en larmes.

BRUTUS, *faisant un signe de la main à Volumnius.*

Approche, bon Volumnius. Un mot; écoute.

VOLUMNIUS

Que veut mon maître?

BRUTUS

Ceci, Volumnius. L'ombre de César m'est apparue par deux fois dans la nuit; une fois à Sardis, et la nuit dernière ici, dans les champs de Philippes. Je sais que mon heure est venue.

VOLUMNIUS

Non, seigneur, non.

BRUTUS

Elle est venue, j'en suis certain, Volumnius. Tu vois ce monde, Volumnius, et comment tout s'y passe. Nos ennemis nous ont battus et chassés jusqu'au bord de la tombe. (*Une alarme se fait entendre de plus près.*) Il est plus noble de nous y lancer nous-mêmes que d'hésiter et d'attendre que leurs bras nous y précipitent. Bon Volumnius, tu sais que nous fûmes aux écoles ensemble. En souvenir de ce temps, de notre ancienne amitié, tiens, je t'en prie, la poignée de mon épée, tandis que je me jette sur le fer.

VOLUMNIUS

Ce n'est pas là l'office d'un ami, seigneur!

(*Une nouvelle alarme.*)

CLITUS

Fuyez sans délai, seigneur. il n'y a plus de sûreté dans ce lieu.

BRUTUS, *tranquillement et s'adressant à ses suivants, l'un après l'autre.*

Adieu, toi; et toi, et toi, Volumnius. — Straton, tu es resté tout ce temps accablé de sommeil; adieu toi aussi, Straton. — Compatriotes, mon cœur sent une joie; c'est que du moins dans tout l'espace de ma vie, je n'ai pas trouvé un homme qui ne fût fidèle pour moi. Je recueillerai plus de gloire dans ce jour de pertes qu'Octave et Marc-Antoine n'en obtiendront par cette vile conquête. Ainsi, adieu tous à la fois; car la bouche de Brutus a presque terminé l'histoire de sa vie. La nuit suspend ses ombres sur mes yeux; et mes membres, qui n'ont travaillé que pour atteindre à cette heure, demandent le repos.

(*Le bruit des alarmes redouble.*)

DES VOIX *qui s'approchent crient :*

Fuyez, fuyez, fuyez!

CLITUS

Fuyez, seigneur, fuyez!

BRUTUS

Pars, je vais te suivre. — (*Tous se dispersent; Brutus reste seul avec Straton.*) Straton, je t'en conjure, reste auprès de ton maître. Tu es un homme d'un bon naturel; ta vie a laissé dans son cours quelques traces d'honneur :

prends donc mon épée, et détourne ton visage, tandis que je m'élance sur elle. Veux-tu, Straton ?

STRATON

Auparavant, donnez-moi votre main. Mon maître, adieu !

BRUTUS

Adieu ! bon Straton. — César, maintenant apaise-toi. Je ne te tuai pas la moitié d'aussi bon cœur.

(Il se précipite sur son épée et tombe expirant.)

SCÈNE IX

Une alarme, une retraite ; des cris de victoire. On apporte de tous côtés des torches allumées.

ANTOINE *et* OCTAVE *paraissent suivis d'une foule de guerriers;* MESSALA *et* LUCILIUS *sont avec eux.*

OCTAVE, *regardant Straton.*

Quel est cet homme ?

MESSALA

L'esclave de mon chef. — Straton, où est ton maître ?

STRATON

Hors des chaînes que tu portes, Messala. Les vainqueurs n'ont plus que le pouvoir de le réduire en cendre. Brutus seul a triomphé de Brutus, et nul autre homme que lui ne s'illustre par sa mort.

LUCILIUS

Et c'était ainsi qu'on devait trouver Brutus. (*S'inclinant sur le corps.*) Je te rends grâces, Brutus : tu as justifié ce que Lucilius avait dit.

OCTAVE

Tous ceux qui servirent Brutus, je les retiens auprès de moi. — Esclave, veux-tu passer avec moi ta vie ?

STRATON

Oui, si Messala y consent.

OCTAVE

Ton aveu, digne Messala.

MESSALA

Comment mon noble chef est-il mort, Straton ?

STRATON

J'ai tenu son épée, il s'est jeté sur le fer.

MESSALA, *pleurant.*

Octave, prends donc à ta suite celui qui a rendu le dernier service à mon maître.

ANTOINE, *regardant avec respect Brutus mort.*

De tous les Romains, ce fut là le plus noble. Tous les conspirateurs, hors lui seul, ne firent ce qu'ils ont fait que par jalousie du grand César. Lui seul entra vertueux dans leur ligue; il n'eut qu'une pensée, le bien et l'intérêt de tous. Sa vie fut calme et pure : les éléments de son être étaient si heureusement combinés, que la nature put se lever et dire à l'univers : Voilà un homme!

OCTAVE

Rendons-lui tout le respect et les devoirs funéraires que mérite sa vertu. Son corps reposera cette nuit dans ma tente, revêtu de tout l'appareil honorable d'un guerrier. Vous, rappelez l'armée sous ses tentes; et nous, allons partager les fruits glorieux de cette heureuse journée.

(Au son de tous les instruments de guerre la scène se ferme.)

FIN DE JULES CÉSAR

NOTES

(1) C'étaient les trophées de ses victoires, qu'il avait dédiés aux dieux et placés sur leurs autels. (*Warburton.*)

(2) Allusion aux Lupercales qui se célébraient à Rome le 15 de février. Les prêtres de Pan se rendaient dès l'aurore au temple de ce dieu ; après les prières usitées, ils lui sacrifiaient deux boucs blancs, trempaient des couteaux dans leur sang et en marquaient deux jeunes gens au visage. Alors ces jeunes gens, qui quelquefois étaient revêtus des premières magistratures de Rome, couraient nus dans les rues, armés de courroies faites de la peau de ces boucs, en touchant sur la main des femmes qui s'offraient de bonne grâce au coup, dans la persuasion où elles étaient que ce coup religieux les rendait fécondes.

(3) Les Romains connaissaient les cloches : ils en avaient même dans leurs salles de bains pour marquer les heures. (*Whitaker.*)

(4) Cassius, aussi bien que César, était de la secte d'Epicure, qui n'ajoutait point foi aux présages.

(5) Porcia se fit en effet périr en avalant des charbons ardents ; mais Brutus était mort alors. Shakspeare, en déplaçant cet évènement, a tiré de cet anachronisme une foule de beautés du plus grand pathétique dans cette scène et dans les autres.

Paris. — Imp. Nouvelle (association ouvrière). 11, rue Cadet.
R. Barré, directeur. — 1338-6

Mably. Droits et Devoirs . . . 1
— Entretiens de Phocion . . . 1
Machiavel. Le Prince. 1
Maistre (X. de). Voyage autour de ma Chambre . . . 1
— Prisonniers du Caucase . . . 1
Malherbe. Poésies. 1
Marivaux. Théâtre 2
Marmontel. Les Incas. 2
Massillon. Petit Carême . . . 1
Mercier. Tableau de Paris. . . 3
Milton. Paradis perdu 2
Mirabeau. Sa vie, ses Discours 5
Molière. Tartufe. Dépit. . . . 1
— Don Juan. Précieuses. . . . 1
— Bourgeois gentilhomme. — Comtesse d'Escarbagnas. . . 1
— Misanthrope. Femmes savantes 1
— L'Avare. Georges Dandin. 1
— Malade imaginaire. Fourberies de Scapin 1
— L'Etourdi. Sganarelle. . . . 1
— L'Ecole des Femmes. Critique de l'Ecole des Femmes 1
— Médecin malgré lui. Mariage forcé. Sicilien. 1
— Amphitryon. École des Maris 1
— Pourceaugnac. — Les Fâcheux. L'Amour médecin. . 1
Montesquieu. Let.tres persanes 2
— Grandeur et Décadence des Romains 1
— Le Temple de Gnide 1
Ovide. Métamorphoses. . . . 3
Pascal. Pensées. 1
— Lettres Provinciales. 2
Piron. La Métromanie 1
Plutarque. Vie de César. . . 1
— Vie de Pompée. Sertorius. 1
Prévost. Manon Lescaut. . . 1
Quinte-Curce. — Histoire d'Alexandre-le-Grand 3
Rabelais. Œuvres. 5
Racine. Esther. Athalie. . . 1
— Phèdre. Britannicus. 1
— Andromaque. Plaideurs. . . 1
— Iphigénie. Mithridate 1
— Bérénice. Bajazet. 1
Regnard. Voyages. 1
Regnard. Le Joueur. Folies. 1
— Le Légataire universel . . . 1
Roland (Mme). Mémoires. . . 4
Rousseau (J.-J.). Emile. . . 4
— Contrat social 1
— De l'Inégalité 1
— La Nouvelle Héloïse. 5
— Confessions. 5
Saint-Réal. Don Carlos. — Conjuration contre Venise. 1
Salluste. Catilina. Jugurtha. 1
Scarron. Roman comique. . . 3
— Virgile travesti 3
Schiller. Les Brigands. 1
— Guillaume Tell 1
Sedaine. Philosophe sans le savoir. La Gageure. 1
Sévigné. Lettres choisies. . . 2
Shakespeare. Hamlet. 1
— Roméo et Juliette. 1
— Othello 1
— Macbeth. 1
— Le Roi Lear. 1
— Le Marchand de Venise. . . 1
— Joyeuses Commères 1
— Le Songe d'une nuit d'été. 1
— La Tempête. 1
— Vie et Mort de Richard III. 1
— Henry VIII. 1
Sterne. Voyage sentimental. 1
Suétone. Douze Césars. . . . 2
Swift. Voyages de Gulliver. . 2
Tacite. Mœurs des Germains 1
Tasse. Jérusalem délivrée. 2
Tassoni. Seau enlevé. 2
Vauban. Dîme royale. 1
Vauvenargues. Choix 1
Virgile. Enéide. 2
— Bucoliques et Géorgique. . 1
Volney. Ruines. Loi naturelle 2
Voltaire. Charles XII. 2
— Siècle de Louis XIV 4
— Histoire de Russie. 2
— Romans. 5
— Zaïre. Mérope 1
— Mahomet. Mort de César. 1
— La Henriade 1
— Contes en vers et Satires. 1
Xénophon. Retraite Dix mille 1
— La Cyropédie. 2

Paris. — Imp. Nouvelle (ass. ouvrière), 11, rue Cadet.

www.ingramcontent.com/pod-product-compliance
Ingram Content Group UK Ltd.
Pitfield, Milton Keynes, MK11 3LW, UK
UKHW020333230726
13925UKWH00002B/774

9 782013 686075